"Je n'ai pas besoin d'une bonne enfant pour m'aider!"

Kylie s'assit sur ses talons et repoussa une mèche rebelle derrière son oreille. "Je crois que vous n'avez pas le choix, Robert Brandon," précisa-t-elle doucement.

Une lueur brilla dans les yeux verts de Robert. "Et cela vous plaît énormément, n'est-ce pas, tigresse?"

Elle fit la moue. "Je n'irais pas jusque-là, cependant, je dois avouer que…"

"Cela ne durera pas longtemps," coupa-t-il. "Dans un mois, les rôles seront inversés."

Elle lui adressa un regard moqueur. "Vous m'aiderez à m'habiller?"

"Certainement pas… Grant croirait que je suis son rival!"

"Vous auriez dû y penser avant de m'embrasser!" s'écria Kylie.

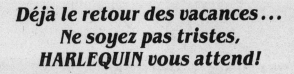

TON RIRE COMME UN SOLEIL

Kerry Allyne

Collection ◆ *Harlequin*

PARIS • MONTREAL • NEW YORK • TORONTO

Publié en août 1983

© 1982 Harlequin S.A. Traduit de *Mixed Feelings*,
© 1981 Kerry Allyne. Tous droits réservés. Sauf pour
des citations dans une critique, il est interdit de
reproduire ou d'utiliser cet ouvrage sous quelque forme
que ce soit, par des moyens mécaniques, électroniques
ou autres, connus présentement ou qui seraient inventés
à l'avenir, y compris la xérographie, la photocopie et
l'enregistrement, de même que les systèmes d'informatique,
sans la permission écrite de l'éditeur, Editions Harlequin,
225 Duncan Mill Road, Don Mills, Ontario, Canada M3B 3K9.

ISBN 0-373-49346-0

Dépôt légal 3e trimestre 1983
Bibliothèque nationale du Québec et Bibliothèque nationale
du Canada.

Imprimé au Québec, Canada—Printed in Canada

1

Dès qu'ils arrivèrent au domaine de Wanbanalong, Grant Brandon présenta sa gouvernante à Kylie. Celle-ci s'attendait à rencontrer une vieille fille austère et fut surprise de découvrir une jeune femme svelte, blonde et souriante qui les accueillit chaleureusement.

— Bonjour ! Eh bien, vous n'avez pas perdu de temps.

— Il faut féliciter Kylie, répondit Grant en souriant.

Kylie apprécia le compliment de son employeur mais ne fit aucun commentaire. N'avait-elle pas été engagée pour ses qualités de conductrice ?

Deux mois auparavant, elle travaillait encore dans une station-service du Queensland sur la « Côte d'Or » de l'Australie. Quand elle ne servait pas l'essence, elle se faisait un plaisir d'essayer les voitures qui venaient d'être réparées.

C'était là qu'elle avait rencontré Grant Brandon. Il séjournait alors chez des amis à Paradise Waters et passait souvent à la station-service. Toute sa vie durant, il avait été éleveur près de Broken Hill dans la Nouvelle-Galles du Sud, Etat de l'est australien. Cet homme grand, solidement bâti, sympathique et courtois avait su très vite gagner l'amitié de Kylie. Au cours de leurs conversations, elle avait appris qu'il effectuait un long voyage à travers le continent australien pour découvrir son pays et renouer de vieilles relations.

Bien sûr, elle savait que l'arthrite qui lui nouait parfois les articulations le gênait pour conduire, mais elle n'en fut pas moins surprise lorsqu'un jour il lui proposa de devenir son chauffeur et de l'accompagner dans son périple.

Tout d'abord, Kylie avait hésité à s'aventurer sur les routes désertes de l'Australie avec cet homme qu'elle connaissait à peine. Ses parents, eux aussi, s'étaient opposés à ce projet jusqu'à ce qu'ils rencontrent Grant. Il sut faire preuve de tant de persuasion qu'ils finirent par consentir — Kylie, quant à elle, avait déjà pris sa décision.

Durant six semaines, ils voyagèrent le long de la magnifique côte est, puis ils envisagèrent de se rendre à l'intérieur des terres. Hélas, ils ne purent mettre leur projet à exécution. Près de Rockhampton, ils s'arrêtèrent chez des amis qui possédaient un élevage de bovins ; là, ils apprirent la mauvaise nouvelle : le neveu de Grant, qui s'occupait des domaines dans l'ouest, avait eu un accident.

Grant télégraphia aussitôt et obtint de triste informations. Son neveu s'était fracturé le bras, la clavicule et trois côtes. Il commençait à se remettre. Néanmoins, Grant décida de se rendre à Wanbanalong toute affaire cessante.

— L'accident est survenu pendant le rassemblement du troupeau, n'est-ce pas ? demanda Grant tandis qu'ils traversaient la véranda pour entrer dans la maison.

— En effet, répondit Abby Lucas, la gouvernante. Son cheval est tombé sur lui.

Grant fronça les sourcils.

— C'était il y a deux ou trois semaines, n'est-ce pas ?

Abby se contenta de hocher la tête en signe d'assenti-

6

ment. Grant s'effaça pour laisser passer les deux jeunes femmes.

— Vous auriez dû m'avertir immédiatement. J'ai été mis au courant par hasard.

— Je l'aurais fait si on ne m'en avait empêchée... Que voulez-vous, il n'était pas de mon avis. Vous le connaissez.

— Quel entêté !

Il y avait davantage d'admiration que de reproche dans l'exclamation de Grant.

— Où est-il à présent ? A Elouera Springs ? reprit-il.

— Oh non, il est ici ! répondit Abby en riant. D'ailleurs, je suis surprise qu'il ne nous ait pas déjà rejoints. Je faisais du café quand j'ai entendu le bruit de votre voiture... Je crains qu'il ne soit de très mauvaise humeur ; l'inactivité lui pèse.

— Je n'en doute pas... Nous aimerions bien une tasse de café également, Abby, s'il vous plaît. Nous le prendrons dans son bureau ; je suppose qu'il s'y trouve ?

— Bien sûr, répondit-elle en hochant la tête, avant de s'éloigner vers la cuisine.

Grant se tourna vers Kylie et lui adressa un clin d'œil malicieux.

— Vous êtes prête à pénétrer avec moi dans l'antre du fauve ?

— Si vous l'êtes, moi aussi, répondit-elle avec un sourire éblouissant.

Ils quittèrent le vestibule et traversèrent un grand salon au mobilier confortable.

— Il a l'air d'avoir fait une bien mauvaise chute, reprit Kylie.

— Heureusement, ce sont toutes des fractures simples. Et à trente-quatre ans, on est encore jeune et vigoureux. Il ne conservera aucune séquelle.

— C'est l'attente qui doit lui sembler longue et pénible.

— Certainement...

Ils arrivèrent devant un bureau vitré situé à l'extrémité de la maison, et Grant ouvrit la porte. L'homme qui s'y trouvait avait visiblement entendu leurs voix, car son regard était braqué dans leur direction lorsqu'ils entrèrent. Kylie fut aussitôt fascinée par ses magnifiques yeux vert clair frangés de longs cils noirs. Le reste de sa personne n'était pas mal non plus ! remarqua la jeune fille. Il avait un visage énergique, à la mâchoire carrée, entouré de cheveux très noirs et souples. Il émanait de lui une impression de force, et son bronzage cuivré prouvait qu'il avait l'habitude de vivre en plein air.

— Grant ! s'écria-t-il d'une voix chaleureuse et vaguement amusée. Je suis content de te voir.

Il se leva avec précaution et tendit la main gauche. Son bras droit, en écharpe, était plâtré jusqu'au coude.

— Tu n'aurais pas dû interrompre ton voyage, ajouta-t-il. Je te l'avais dit dans mon télégramme.

— Non, bien sûr, ironisa Grant, tu parais en pleine forme !

— Je suis un peu handicapé, avoua le jeune homme avec une grimace, mais je peux encore me débrouiller.

— Sans aucun doute... Cependant, tu risques de retarder ta complète guérison !

— Ne t'inquiète pas...

Il s'interrompit, se tourna vers Kylie qu'il dévisagea d'un long regard admiratif.

— Si j'avais su que tu me rendrais visite en si charmante compagnie, je n'aurais jamais essayé de te dissuader de venir.

— Vraiment ?

Grant esquissa un petit sourire ; Kylie rougit et baissa les yeux.

— En vérité, poursuivit Grant, visiblement amusé, Kylie n'est pas exactement une invitée... Elle est mon chauffeur. Je t'avais parlé d'elle dans mon message.

— Ton chauffeur? Tu as... par hasard... oublié de préciser qu'il s'agissait d'une femme!

Kylie crut surprendre une inflexion ironique dans la voix de l'homme et elle releva la tête. De nouveau, elle croisa le regard vert où brillait une étrange lueur.

— Je voulais te faire une surprise!

— Eh bien, tu as réussi.

— J'étais sûr de mon effet... A présent, je crois qu'il est temps de vous présenter l'un à l'autre : Kylie, voici mon neveu, Robert Brandon... Kylie Townsend.

— Enchantée, dit timidement Kylie.

Jamais elle n'avait été aussi troublée en présence d'un inconnu. Il lui serra la main et lui répondit en des termes ambigus.

— Je suis heureux de faire votre connaissance, Kylie. Et je vous suis reconnaissant d'avoir si bien pris soin de Grant... Il semble avoir retrouvé une seconde jeunesse.

Que voulait-il suggérer? Insinuerait-il qu'elle entretenait des relations intimes avec son oncle? A cette pensée, Kylie se raidit. Certes, depuis qu'elle avait été engagée, ce n'était pas la première fois que les gens semblaient avoir des doutes sur les liens qui les unissaient... Bien que Grant eût trois fois son âge. Elle avait même surpris quelques réflexions désagréables. Mais elle ne s'attendait certainement pas à en entendre dans la propre maison de Grant Brandon.

Furieuse, elle adressa au jeune homme un sourire provocant.

— J'apprécie le compliment, dit-elle.

Les doigts de Robert se crispèrent douloureusement sur ceux de Kylie. Mais elle le supporta, ne voulant pas lui donner la satisfaction de retirer sa main la première. Lorsqu'il la lâcha, il y eut une petite lueur de triomphe dans les yeux dorés de la jeune fille. Elle n'allait tout de même pas se laisser dominer par cet individu déconcertant!

Grant posa une main affectueuse et possessive sur l'épaule de son « chauffeur ».

— Je dois avouer qu'elle s'occupe très bien de moi, déclara-t-il, ignorant tout sous-entendu. Je n'aurais pu faire un meilleur choix. Non seulement c'est une conductrice hors pair, mais sa joie de vivre est extrêmement communicative... Un vrai bain de jouvence.

— Oh, je n'en doute pas un seul instant ! s'écria Robert d'un ton moqueur.

Grant revint soudain à la cause de leur présence au ranch. Il approcha une chaise pour Kylie et s'assit à son tour. Robert les imita.

— Parlons de ta santé, reprit Grant gravement. Comment évoluent les fractures ?

— Aussi bien que possible. Mais avec cela...

Il tapota sur son plâtre.

— Je ne peux ni conduire ni monter à cheval. Agacé, il soupira et secoua la tête.

— Tu pourrais demander à l'un des employés de te conduire, lorsque c'est nécessaire.

— Non. C'est impossible, nous manquons de main-d'œuvre... Il y a le rassemblement du troupeau et la tonte des moutons...

— Et Abby ? coupa Grant. Elle ne peut pas s'en charger ?

A cet instant, la gouvernante entra dans le bureau, portant un plateau sur lequel étaient posées les tasses de café.

— On parle de moi ? demanda-t-elle intriguée.

— Grant proposait que vous me serviez de chauffeur, dit Robert en souriant.

Abby éclata de rire.

— Oh ! Votre oncle souhaiterait-il qu'il vous arrive malheur ?

Elle posa le plateau sur le bureau. Apparemment, ni Kylie ni Grant ne comprenaient ce qu'il y avait de drôle.

— En quoi ma proposition est-elle si stupide ? demanda ce dernier.

— M'avez-vous déjà vue au volant ? Certainement pas, sinon, vous ne poseriez pas cette question. Il y a tellement longtemps que je n'ai pas conduit... Un kangourou se débrouillerait mieux que moi.

Et sur ces mots, elle quitta la pièce en riant de nouveau. Grant fit une moue surprise et s'adressa à son neveu :

— Elle conduit vraiment mal ?

— Elle te l'a dit elle-même ! Sur la route, c'est un véritable danger.

— Dans ce cas, je ne vois qu'une solution, dit Grant avec un coup d'œil à Kylie.

En voyant son sourire, Kylie tressaillit et reposa brusquement sa tasse. Un peu de café éclaboussa le plateau. Oh non ! pensa-t-elle. Il ne pouvait pas faire cela.

— Je vais être obligé de te prêter Kylie, conclut Grant.

Elle parvint à dissimuler une grimace de dépit. Robert secouait la tête.

— Non, Grant, je ne veux pas que tu interrompes ton voyage... C'est inutile.

La jeune femme retint sa respiration ; peut-être restait-il un dernier espoir ?

— Je ne suis pas de cet avis, répondit le vieux monsieur. Nous resterons ici le temps nécessaire à ton rétablissement. Je suis sûr que Kylie sera très heureuse de pouvoir te rendre service.

Que pouvait-elle dire ? Elle n'avait aucune envie de servir de chauffeur à Robert Brandon, mais, par respect pour son employeur, elle s'efforça de répondre avec conviction :

— Bien sûr.

Un sourire sarcastique se dessina sur les lèvres de Robert.

— Es-tu certain de pouvoir te passer d'elle ?

Cette fois il ne prenait plus le chemin détourné de l'insinuation, sa question laissait clairement comprendre qu'il soupçonnait son oncle d'entretenir des relations coupables avec la jeune fille. Kylie se redressa brusquement pour se tourner vers son employeur. Comment allait-il réagir à l'insulte ?

Grant ne sembla pas indigné par les propos de son neveu. Il répondit très sérieusement :

— Oh, elle me manquera. Mais, comme nous n'allons pas voyager pendant quelque temps, je ne voudrais pas qu'elle s'ennuie en compagnie du vieillard que je suis.

— Je ne m'ennuie jamais avec vous ! rétorqua vivement Kylie. Et vous n'êtes pas un vieillard. Vous êtes charmant, cultivé, et j'ai adoré chaque instant passé en votre compagnie.

Robert Brandon pouvait interpréter ces paroles comme il l'entendait, elle s'en moquait.

Grant sourit et adressa un regard satisfait à son neveu.

— N'ai-je pas fait le meilleur choix ?

Robert but une gorgée de café. Il regardait Kylie sans se départir de son mauvais sourire.

— Certainement, Grant, répondit-il doucereux. Certainement... Je serai fier d'avoir à mes côtés une personne aussi loyale et dévouée.

Kylie serra les dents et le foudroya du regard. Ainsi, il serait fier de l'avoir pour chauffeur ? Il ne savait pas encore à qui il avait affaire, sinon, il n'aurait pas parlé si vite !

Il avait décidé une fois pour toutes qu'elle était la maîtresse de son oncle... Soit, elle ne s'épuiserait pas à le convaincre du contraire. En fait, elle trouvait amusant de renforcer ses convictions. Quand il apprendrait la vérité, il serait horriblement embarrassé, il lui présenterait ses excuses, et elle serait vengée !

Cette fois encore, Grant ne répondit pas à son neveu. Il se contenta de l'interroger sur la gestion du domaine. Ils se lancèrent dans une longue conversation professionnelle, et Kylie en profita pour admirer le paysage au travers des baies vitrées. L'immensité de la plaine la fascinait.

Elle avait passé toute sa jeunesse dans une région du bord de la mer extrêmement peuplée, où s'élevaient de nombreux gratte-ciel. Les rues étaient constamment bondées de touristes, et les grandes plages de sable fin regorgeaient de monde. Pour la première fois, elle se trouvait face à une étendue de terre qui se confondait à l'horizon avec le bleu du ciel. Pas la moindre butte n'arrêtait son regard, pas un arbre, pas une habitation.

Pour venir jusque-là, ils avaient traversé des collines pittoresques, mais c'était cette plaine fantastique qui l'intriguait. L'impression d'espace était étonnante. Elle ne pouvait détacher ses yeux du paysage comme si elle allait finir par y découvrir une maison, un homme, autre chose que cette immensité écrasée de soleil...

Un éclat de rire de Grant la tira de sa contemplation. Leur conversation était terminée, et son employeur lui posa la main sur le bras pour lui signifier qu'il était temps de se retirer.

— Vous paraissez songeuse, petite fille ; que se passe-t-il ? demanda-t-il.

— Rien. J'ai du mal à croire à tout ce vide. C'est tellement différent de tout ce que je connais !

— C'est en effet décevant, quand on est habitué à trouver une boîte de nuit à chaque coin de rue, répondit Robert avec mépris.

Kylie lui adressa un sourire angélique.

— Vous vous trompez, j'aime beaucoup cette région.

— Comment en douter, renchérit Grant. Kylie ne craint pas l'isolement, sinon elle n'aurait pas accepté de m'accompagner dans mon périple dans des endroits isolés de tout.

Robert fit une moue sceptique.

— C'est vrai, j'oubliais que c'est l'amour du voyage qui vous a réunis, tous les deux.

Kylie se leva lentement et secoua ses longs cheveux bruns pour les rejeter en arrière. Puis elle murmura en le regardant à travers ses cils :

— Ce n'est pas la seule raison. Votre oncle est vraiment un homme charmant et fort considéré...

Sa remarque eut l'effet désiré, car Robert se leva brusquement... Trop brusquement. Il grimaça de douleur et laissa échapper un gémissement, vite réprimé. Il porta la main à ses côtes.

Grant se précipita vers lui.

— Robert ! Tu as mal ?

— Vous devriez être plus prudent ! ajouta Kylie, ravie du double sens qu'elle donnait à ses paroles.

Pourtant, au fond d'elle-même, elle se sentait coupable. Elle voulait simplement lui rendre la monnaie de sa pièce et non pas lui faire du mal. Elle ne se résolut pas pour autant à changer d'attitude.

— Pourquoi ne pas avoir dit que vous aviez besoin d'aide ? Je me serais fait un plaisir de...

— Vous êtes trop bonne, coupa Robert en adoptant le même ton. Je ne suis pas encore *complètement* impotent. J'arrive généralement à me débrouiller, merci.

— Vous venez de le prouver, rétorqua-t-elle, moqueuse.

L'espace d'un instant, Robert la fixa intensément, puis il émit un rire bref.

— Je me suis laissé surprendre, mais je vous promets que cela ne se reproduira plus... Jamais !

— Je l'espère, dit Grant visiblement inquiet. Sinon tu te retrouveras de nouveau à l'hôpital.

Robert haussa l'épaule gauche... La seule qui pût bouger.

— En tout cas, je ne m'y rendrai pas aujourd'hui. J'ai tant de travail qu'il me faudra rester devant cette table tout l'après-midi.

Il grimaça de nouveau et s'assit lentement.

— Vous n'auriez pas de notions de secrétariat, par hasard ? demanda-t-il à Kylie.

Elle eut un large sourire satisfait et secoua la tête.

— Je suis désolée, le travail de bureau ne me convient pas... Je déteste être enfermée.

— Je pensais que tu en aurais fini avec ces papiers, intervint Grant. Voilà deux semaines que tu ne sors pas...

— Pour Wanbanalong, tout est terminé, mais, pendant ce temps, à Elouera Springs, le travail s'est accumulé. Adrian m'a apporté ces dossiers ce matin.

— Eh bien, dans ce cas, nous allons te laisser...

Grant se tourna vers Kylie.

— Il nous faut encore défaire nos bagages, avant le dîner.

— Ne vous inquiétez pas, dit-elle vivement en se dirigeant vers la porte, je m'occuperai de vos valises.

Ils allaient quitter le bureau quand soudain, Robert les rappela.

— J'allais oublier... Séléna et Victor viennent nous rendre visite, ce soir. Ils seront là vers sept heures.

— Parfait, répondit Grant. Kylie pourra faire la connaissance de nos voisins.

Dès qu'ils furent sortis, Kylie demanda :

— Habitent-ils loin d'ici ?

— Non... Soixante kilomètres, guère plus. Leur propriété et Wanbanalong se touchent, à l'est.

— Et, si j'ai bien compris, Robert possède un domaine qui borde le vôtre au nord ?

— C'est exact. Il a pris la succession de Jeff — mon frère — lorsqu'il est mort.

— Je vois… murmura-t-elle. Et qui s'occupe de ses terres quand il est ici ? Sa mère ?

Elle marqua une courte pause avant d'ajouter :

— Sa femme ?

Une ombre passa sur le visage de Grant.

— Aucune des deux suggestions n'est bonne. Tout d'abord, il n'est pas marié, et…

Il dut s'éclaircir la voix avant de poursuivre.

— Sa mère est partie avec un autre homme alors que Robert avait cinq ans. On n'a plus jamais entendu parler d'elle.

Kylie fronça les sourcils.

— Vous voulez dire qu'elle a disparu ? Elle n'a pas écrit, ni essayé de garder le contact… Même avec son fils ?

— Jamais… Fay n'avait guère d'instinct maternel. Après la naissance de Robert, elle a refusé d'avoir un autre enfant. Son physique en pâtissait, soi-disant. Elle n'était préoccupée que d'elle-même ; l'avenir de son fils ne l'intéressait pas.

Ils traversèrent le salon et retournèrent dans le hall d'entrée. Kylie ne cessait de penser à l'homme qu'elle venait de rencontrer. En le voyant si sûr de lui, qui aurait pu deviner qu'il avait subi un tel traumatisme dans sa jeunesse ?

— Sa blessure semble s'être refermée, dit-elle enfin.

— Vous croyez ?

— Je veux dire qu'il n'a pas perdu confiance en lui.

— Dieu merci, non, répondit Grant en levant les yeux au ciel. Mais pour ce qui est des femmes, c'est une autre affaire… Vous l'avez remarqué, n'est-ce pas ?

Kylie adressa un regard étonné à son employeur.

— Moi ?

— Oui, vous, insista-t-il avec malice. Me croyez-vous aveugle ? Vous vous êtes livrés à un combat verbal pendant toute l'entrevue.

Kylie s'immobilisa et bredouilla :

— Vous voulez dire que... Enfin... Qu'il soupçonnait que... j'étais...

Elle rougit, puis ajouta d'une traite :

— Que j'étais autre chose qu'une compagne de voyage ?

Grant hocha lentement la tête.

— Alors, pourquoi n'êtes-vous pas intervenu ? s'écria-t-elle. Pourquoi ne l'avez-vous pas détrompé ?

Grant allait ouvrir une porte, mais il suspendit un instant son geste.

— Avec votre comportement, dit-il en soupirant, vous l'avez renforcé dans ses convictions. Alors, j'ai cru bon de ne pas m'en mêler.

Pour la première fois depuis qu'ils se connaissaient, Grant paraissait déçu par l'attitude de la jeune fille. Comme il poursuivait son chemin, elle lui emboîta le pas.

— Je suis désolée... Vous m'en voulez beaucoup ?

Il lui caressa les cheveux de sa main brune déformée par l'arthrite.

— Je ne vous en veux pas... Je suis inquiet, répondit-il avec une sorte de lassitude. Voyez-vous, l'homme qui a enlevé la mère de Robert avait plus de deux fois son âge. Si vous laissez mon neveu établir un parallèle entre ce cas et le vôtre, je ne réponds de rien... Il vous chargera de tous les péchés du monde, et la vie ici deviendra infernale !

Kylie baissa la tête, pleine de remords.

— Je ne pensais pas que mes actes entraîneraient de telles conséquences.

Grant fronça les sourcils et la regarda droit dans les yeux.

— D'ailleurs, j'aimerais savoir pourquoi vous vous êtes comportée ainsi ?

Embarrassée, elle dansait d'un pied sur l'autre, comme un petite fille prise en faute.

— Je voulais lui donner une leçon pour qu'à l'avenir il réfléchisse avant de juger ses semblables.

— Et maintenant, que pensez-vous ?

Elle prit une profonde inspiration et répondit très franchement :

— Je crois toujours qu'il mérite une bonne leçon ! Il n'a pas le droit de lancer de telles insinuations !

— Vous voulez dire que vous avez l'intention de continuer à jouer cette comédie ?

— Eh bien... Non... Pas vraiment... Pas si vous vous y opposez...

Elle lui jeta un regard qui le suppliait de comprendre son point de vue.

— En tout cas, je n'irai pas, la tête basse, implorer son pardon ! Je m'en sens incapable, conclut-elle avec plus de fermeté.

— Vous l'ai-je demandé ?

— Non, mais...

— Mais ?

— N'est-ce pas le seul moyen de le convaincre qu'il s'agit d'un malentendu ?

Grant fronça les sourcils.

— Non. Je pourrais lui expliquer que...

— Oh non ! coupa-t-elle avec véhémence. Ne faites pas cela. Je vous en prie, je ne veux pas que vous présentiez des excuses à ma place. Vous me mettriez dans une situation embarrassante et... et...

Intrigué par son empressement, Grant lui releva doucement le menton.

— Que se passe-t-il, Kylie...? Vous me cachez quelque chose, n'est-ce pas ?

A ces mots, Kylie rougit. De toute évidence, les réactions de Robert Brandon avaient beaucoup d'importance à ses yeux. Etait-elle attirée par cet homme qui, sans aucun doute, ne lui témoignait aucune sympathie ?

— Mais non, voyons, quelle idée ! s'écria-t-elle pour

se rassurer elle-même plus que pour répondre au vieux monsieur. Que pourrais-je vous cacher ?

— C'est ce que j'aimerais savoir, répliqua-t-il en souriant.

Il la lâcha et ajouta aussitôt :

— En tout cas, qu'il ait besoin ou non d'une leçon, il va falloir le détromper rapidement, sinon, il pourrait y avoir des conséquences ennuyeuses... pour tout le monde.

Kylie hocha la tête.

— Pardonnez-moi, je ne voulais pas vous mettre dans une situation embarrassante.

Une étincelle s'alluma dans les yeux bleus de Grant.

— Oh, je serais plutôt flatté ! dit-il en riant.

Comme il était enfin parvenu à faire revenir le sourire sur les lèvres de Kylie, il ouvrit la porte d'une chambre qui serait manifestement celle de la jeune femme.

— Qu'en pensez-vous ?

Elle jeta un coup d'œil rapide dans la pièce sobre, simplement meublée, mais charmante.

— Elle est très belle, merci, dit-elle. Je suis sûre que je me plairai beaucoup ici. A condition que...

Elle s'interrompit un instant et se rembrunit au souvenir de leur conversation avant d'ajouter :

— Je n'ai pas le choix, n'est-ce pas ? Je dois faire amende honorable auprès de votre neveu...

— J'en ai peur, puisque vous refusez que je le fasse à votre place, répondit Grant avec un air de commisération.

Elle fit une grimace et enfonça les mains dans les poches de son jean. Elle se dirigea vers la fenêtre et resta un court instant silencieuse. Puis, elle revint vers Grant, droite et décidée.

— D'accord, je vais essayer, promit-elle à contre-cœur... Mais je lui conseille de me croire immédiatement, car je n'ai pas l'intention de me traîner à ses genoux. Tout cela est sa faute, après tout ! S'il n'était pas résolu à imaginer le pire, il n'y aurait aucun problème !

— Et si quelqu'un d'autre ne s'était pas empressé d'abonder dans son sens, nous n'en serions pas là, non plus, rétorqua Grant avec malice.

Vaincue, Kylie ne put retenir un sourire.

— D'accord, je dois admettre que j'ai moi aussi ma part de responsabilité, mais bien moins importante...

Elle s'interrompit et conclut finalement avec une petite grimace :

— J'espère simplement que votre neveu voudra bien le reconnaître... ?

2

Kylie devait obtenir une réponse à sa question plus vite qu'elle ne le pensait. Une heure plus tard, alors qu'elle quittait la chambre de Grant après avoir défait ses bagages, elle faillit bousculer Robert dans le couloir. Elle décida aussitôt de saisir l'occasion.

— Pouvez-vous m'accorder un instant, s'il vous plaît ? demanda-t-elle en s'efforçant de prendre un ton naturel.

Robert jeta un coup d'œil à la porte qu'elle venait de refermer et répondit, une nuance d'ironie dans la voix :

— Etes-vous sûre d'avoir le temps ?

L'espace d'un instant, Kylie eut envie de tourner les talons et de s'éloigner le plus vite possible de cet individu. Mais, par respect pour son employeur, elle serra les dents et conserva son calme.

— Bien sûr, dit-elle. Et vous ?

Robert reprit son chemin et lança négligemment :

— Peut-être...

Kylie fut obligée de le suivre.

— Comment cela ?

— J'ai beaucoup à faire avant le dîner... Je dois me laver et m'habiller, ce n'est pas facile, avec ce plâtre.

Ne pouvant supporter davantage son attitude méprisante, Kylie s'arrêta instantanément.

— Dans ce cas, je ne vous dérangerai pas plus longtemps.

Mais avant qu'elle ait pu faire un pas pour s'éloigner, Robert lui saisit le poignet avec une rapidité impressionnante.

— Dites-moi de quoi vous vouliez me parler, et je déciderai, si je vous accorde mon attention ou non.

Kylie essaya de dégager son bras, mais elle comprit très vite qu'elle n'y parviendrait pas. Elle lui adressa un regard chargé de rancune.

— C'est au sujet des insinuations injurieuses et sans fondement que vous avez exprimées tout à l'heure !

Robert inclina la tête et fit mine de tendre l'oreille comme s'il n'avait pas saisi le sens de ses propos.

— Comment ?

Puis, sans la moindre gêne, il éclata de rire.

De nouveau, Kylie s'efforça de se libérer de l'étau qui enserrait son poignet, non seulement pour retrouver sa dignité, mais aussi son assurance... Elle ne pouvait s'empêcher de le trouver terriblement séduisant lorsqu'il riait.

— Vos insinuations à propos de Grant et de moi ! répéta-t-elle sèchement.

Cette fois, son rire s'étrangla dans sa gorge et une lueur de colère brilla dans ses yeux.

— Vous n'avez rien fait pour me détromper ! dit-il. Peut-être consentirez-vous à m'expliquer tout cela pendant que je me prépare pour le dîner.

Sans attendre sa réponse, il poussa la porte entrebâillée de sa chambre et tira Kylie à l'intérieur avant de refermer d'un coup de talon.

— Je ne pense pas que vous soyez effrayée de pénétrer dans la chambre d'un homme, ironisa-t-il.

— Comment osez-vous ? s'écria Kylie.

Furieuse, elle essaya de le gifler de sa main libre. Robert effectua un rapide retrait du buste, et elle le manqua. Puis il contre-attaqua. Il lâcha vivement son poignet et la saisit aux cheveux avec une dextérité surprenante. Elle n'avait pas eu le temps de réagir qu'il l'immobilisai, le visage à quelques centimètres du sien.

— Vous avez de la chance, dit-il sur un ton grinçant. J'aurais pu bloquer votre coup avec mon plâtre et vous auriez, vous aussi, dû effectuer un séjour à l'hôpital.

— Je suis étonnée que vous ne l'ayez pas fait! rétorqua-t-elle amèrement.

— Vraiment?

Son regard vert plongea dans celui de la jeune femme. Kylie frissonna, elle avait l'impression de se noyer dans un océan d'émeraude. Jamais elle n'avait vu des yeux d'une couleur si pure. Elle avait la bouche sèche, et, sans avoir conscience du caractère provocant de ce geste, elle passa lentement la pointe de sa langue sur ses lèvres pour les humidifier. Robert plissa les yeux et inspira profondément.

— Bon sang! Grant ne vous suffit pas, il me semble!

Il l'attira contre lui et l'embrassa avec fougue. Avec un petit cri étouffé, Kylie tenta de s'écarter... En vain. Il la tenait fermement; elle tendit ses bras pour le repousser mais elle sentit sous l'étoffe de sa chemise le plâtre qui couvrait son épaule et, de peur de lui causer une vive douleur, elle s'immobilisa.

Il ne lui rendit sa liberté que lorsqu'il fut sûr qu'elle était à sa merci. Kylie recula en chancelant; des larmes de rage lui brouillaient la vue.

— Vous êtes odieux! s'écria-t-elle en essuyant ses lèvres d'un revers de main, comme pour chasser le souvenir de ce baiser infamant.

— Pourquoi? Parce que je vous ai embrassée ou bien... parce que vous n'avez guère résisté?

Envahie par la honte, elle rougit, mais soutint son regard.

— J'étais venue pour vous parler et non pour être insultée et traitée comme une fille facile! lança-t-elle les dents serrées.

Elle se dirigea aussitôt vers la porte.

— Pas encore, tigresse ! dit Robert en se précipitant sur la poignée avant même qu'elle ait fait deux pas. Nous devions discuter, n'est-ce pas ?

Kylie hésita un instant, fixa le visage de Robert et baissa finalement la tête.

— Je n'ai plus rien à vous dire... Je connais déjà vos conclusions. Vous êtes tellement buté qu'il est impossible de vous faire entendre raison... Impossible !

Robert s'adossa à la porte et commença à déboutonner sa chemise.

— Essayez toujours, dit-il en souriant. Nous verrons bien.

Kylie haussa les épaules.

— Il n'y a rien d'amusant dans tout cela et... Et, je vous prie de ne pas vous déshabiller devant moi !

Robert avait détaché l'écharpe qui était nouée autour de son cou, et enlevait sa chemise.

— Ne me dites pas que vous êtes gênée ?

Il jeta sa chemise sur le lit.

— Pourtant je le suis ! s'écria-t-elle.

— Vous me surprenez... Je vous croyais habituée aux torses nus. Il doit y en avoir des milliers sur les plages de la Gold Coast.

— Ce n'est pas la même chose, répondit-elle d'un ton embarrassé.

Effectivement, c'était tout à fait différent. Bien qu'une bande recouvre en partie le torse de Robert, elle pouvait apercevoir suffisamment de peau nue pour être extrêmement troublée... Physiquement troublée.

Elle se mit à fixer résolument le sol et ajouta, dans un soupir.

— Je vous en prie, écartez-vous de la porte... Je veux m'en aller.

Robert avança dans la pièce, sans pourtant lui laisser la liberté de s'enfuir. Il secoua la tête.

— Non, non...

Puis il lui prit le bras et la poussa vers le lit. Pour ne pas perdre l'équilibre, elle dut s'y asseoir.

— Nous devons parler, souvenez-vous, reprit-il. Et puis vous vous rendrez utile en refaisant mon bandage... vous m'aiderez aussi à m'habiller. Tout à l'heure vous vous prétendiez prête à faire « n'importe quoi » pour me faciliter la tâche.

— Je n'ai pas pour autant l'intention de vous servir d'infirmière ou de femme de chambre !

Elle se redressa, outrée.

— Vous refusez ? demanda-t-il.

Cette question avait été posée avec tant de calme que Kylie fut aussitôt sur ses gardes. Cherchait-il une occasion de se plaindre d'elle à Grant ? Elle l'en croyait capable... Elle pressentait qu'il pouvait faire pire encore !

— Non, répondit-elle amèrement. Mais j'accepte simplement par considération pour Grant et pour aucune autre raison.

— Ah, oui, Grant ! J'avais oublié.

Dans le tiroir d'une commode, il prit une large bande adhésive et une paire de ciseaux qu'il tendit à la jeune femme.

— Vous vouliez me parler des relations que vous avez établies avec lui, reprit-il. Pour votre bénéfice, je présume ?

Kylie déroula un grand morceau de sparadrap et le coupa d'un coup de ciseaux rageur.

— Je ne désire rien de lui, répondit-elle sèchement. Je ne suis pas le genre de fille que vous pensez !

Elle déposa la paire de ciseaux sur le lit, puis entreprit de défaire l'ancien bandage en évitant de toucher la peau de Robert.

— Alors quels sont vos rapports ? insista-t-il en feignant l'innocence.

— Eh bien, je... Enfin nous...

Elle ne trouvait pas les mots, bafouillait lamentablement, cherchant à définir simplement l'amitié qui la liait à Grant. Malheureusement, sans le moindre scrupule, Robert ne lui laissa pas le temps de s'exprimer. Il lui coupa la parole.

— Soyez franche, vous êtes sa maîtresse! Vous utilisez votre charme pour obtenir le salaire confortable que vous seriez incapable de gagner autrement! Avouez!

— Non! C'est faux! cria-t-elle.

Le bandage lui échappa des mains. Quelle folle elle avait été de l'encourager à penser cela!

— Vous le laissiez pourtant entendre cet après-midi... Je me trompe? rétorqua-t-il avec un mauvais rire. En tout cas, vous n'avez rien fait pour me convaincre de votre innocence.

— D'ordinaire, répliqua-t-elle, quand on ne connaît pas la vérité, on accorde le bénéfice du doute...

— S'il y a le moindre doute, en effet... Mais ce n'est pas le cas.

Hors d'elle, le souffle court, Kylie le regarda droit dans les yeux.

— Oh, je vois, dit-elle d'une voix sourde. Une jeune femme, un homme plus âgé, vous ne pouvez tirer qu'une seule conclusion, n'est-ce pas?

Elle ne lui laissa pas le temps de répondre et reprit aussitôt avec fermeté :

— Ecoutez-moi bien, Robert Brandon, sachez que toutes les femmes ne se comportent pas comme votre mère, et...

Elle s'interrompit brusquement. Sous l'emprise de la colère, elle avait prononcé des mots qu'elle ne voulait pas dire. Elle rougit et baissa la tête, mais, déjà Robert insistait d'un ton menaçant :

— Répétez cela...

Kylie posa la main sur le bras de l'homme et la retira aussitôt.

— Je suis... désolée, balbutia-t-elle. Je ne voulais pas... Oh, je crois qu'il faut refaire tout le bandage.

— Laissez! gronda-t-il en lançant le rouleau de sparadrap à travers la pièce.

— Mais vous ne pouvez pas rester comme cela!

Elle s'approcha à nouveau de lui. Non seulement elle était inquiète de le voir rester ainsi, mais aussi, elle trouvait que le sujet de conversation était infiniment moins dangereux.

— Laissez-moi finir, je vous en prie...

— Je vous ai dit de laisser cela!

Il lui saisit le poignet pour l'empêcher de reprendre le bandage.

— Je veux savoir quel rapport il y a entre ma mère et vous, continua-t-il.

— Je vous le dirai quand j'aurai terminé, répondit-elle avec décision. C'est bien plus important.

L'espace d'un instant, elle eut peur qu'il refuse. Cependant, à son grand soulagement, il relâcha la pression sur son poignet et dit dans un soupir résigné:

— Vous paraissez prendre brusquement votre tâche d'infirmière à cœur?

Elle haussa les épaules.

— Il faut bien que quelqu'un s'en charge... Si vous continuez, vous serez obligé de retourner à l'hôpital.

— Et qui en porterait la responsabilité?

Comme à ce moment, il lui tournait le dos, elle se permit un sourire.

— Si vous n'étiez pas systématiquement prêt à penser le pire au sujet des gens... murmura-t-elle.

— Pas des gens, ma chère, coupa-t-il, d'une seule personne, en l'occurrence.

Décidément, elle ne parvenait pas à modifier le moins du monde sa position. Elle poussa à son tour un soupir et refit le bandage qu'elle fixa avec une épingle de sûreté. Puis elle le recouvrit d'une large bande d'adhésif imperméable.

Robert grimaça.

— Théoriquement, je devrais pouvoir respirer, vous savez.

« Dommage ! » Elle avait formé le mot silencieusement avec ses lèvres, mais Robert l'avait deviné, car il reprit durement :

— Cela va devenir plus « dommage » encore pour vous : Vous n'êtes plus occupée, à présent. Alors, expliquez-moi dans quelles conditions Grant et vous avez parlé de ma mère !

Il marqua une pause, plissa légèrement les yeux.

— Craignait-il depuis longtemps que j'établisse un parallèle entre ces deux situations ? Est-ce pour cela qu'il vous a envoyée : dans le but de m'ôter tout soupçon ?

— Vous n'avez aucune raison d'en avoir. Il n'y a rien entre Grant et moi.

— Est-ce là votre seul argument... ? Il est bien faible.

Kylie essaya de conserver son calme.

— Parfois, la vérité est plus difficile à croire que les suppositions les plus folles... Mais elle n'en reste pas moins la vérité !

Robert garda le silence pendant un court instant, puis il déclara soudain :

— Eh bien, prouvez-le.

— Le prouver ?... Comment ?

— En démissionnant ! Retournez d'où vous venez et laissez Grant en paix.

Elle ne put réprimer un cri de stupeur.

— Oh ! Non ! Pourquoi abandonnerais-je ce travail que j'aime, auprès d'un homme que je respecte et que j'admire ? Pour dissiper vos doutes ?

Elle pencha la tête de côté et l'observa, les paupières mi-closes.

— Ou bien est-ce l'appât du gain qui vous conduit à vouloir me faire quitter mon emploi ? poursuivit-elle.

Vous craignez que les rémunérations que je suis supposée recevoir ne vous lèsent, d'une certaine façon... Grant n'a jamais été marié, vous êtes le seul héritier, mais cela pourrait changer s'il s'intéressait davantage à moi ? Les hommes de son âge ont la réputation de se montrer très généreux dans ces circonstances. C'est bien cela que vous pensez ?

Elle eut un rire nerveux et conclut :

— Bas les masques, Robert Brandon ! Vous n'êtes pas le personnage désintéressé que vous prétendez être !

Robert l'avait écoutée sans l'interrompre, une expression exaspérée sur le visage. Quand il estima qu'elle en avait assez dit, il se redressa brusquement.

— Avez-vous enfin terminé ? demanda-t-il sur un ton caustique.

— Pourquoi ? Aurais-je touché le point sensible ? lança-t-elle avec insolence.

Il haussa l'épaule gauche, visiblement excédé.

— Pas du tout. Vous dites n'importe quoi !

— Ah oui ?

— Ah oui ? répéta-t-il d'une voix haut perchée pour l'imiter. Je suis désolé de vous décevoir, mais il n'y a pas une once de vérité dans votre magistrale démonstration. Je possède déjà Wanbanalong ! Et tout ce qui s'y trouve... A l'exception des effets personnels de Grant, évidemment.

Eberluée, elle le regarda bouche bée.

— Mais... mais, c'est impossible, bredouilla-t-elle. Grant m'a dit que cette propriété était la sienne !

— C'est vrai... Il peut y vivre, la quitter, y revenir... Elle ne lui appartient plus, c'est tout. Il me l'a vendue l'année dernière... Dommage qu'il ait oublié de vous en avertir, non ?

Il était bien trop sûr de lui pour que cette affirmation soit un mensonge, pourtant, Kylie ne parvenait pas à l'admettre.

— Alors, pourquoi me demandez-vous de démissionner ? S'il y avait quelque chose entre Grant et moi, en quoi cela vous gênerait-il ?

Les traits de Robert se durcirent.

— C'est une question de principe, répondit-il gravement. Grant est encore un homme très riche... Je suppose que vous le savez... Et je ne veux pas qu'il gaspille sa fortune pour vous !

— Il ne m'a jamais rien donné que mon salaire ! cria-t-elle, la rage au cœur.

— Il ne vous a pas fait de petit cadeau ? insista-t-il en l'observant intensément.

Elle hésita un instant et, trop honnête pour mentir, elle répondit :

— Si, bien sûr... Mais uniquement des objets sans réelle valeur... des babioles, rien de plus.

— Pour certaines femmes, coupa Robert avec cynisme, les diamants sont des babioles !

Découragée, elle se laissa tomber sur le lit et resta un long moment assise, les bras ballants, avant de murmurer :

— Vous ne croyez pas un mot de ce que je dis, n'est-ce pas ?

Robert acquiesça de la tête, satisfait.

— En effet... Pas un traître mot !

— Dans ce cas, nous n'avons plus rien à nous dire.

Elle se leva et jeta un coup d'œil à sa montre avant d'ajouter :

— Il est tard ; je dois me préparer pour le dîner.

Robert l'arrêta au moment où elle passait près de lui.

— Cela peut attendre. Je ne vous ai pas encore autorisée à partir.

Indignée par le caractère humiliant de ses propos, elle lui adressa un regard furieux.

— Eh bien, je vous conseille de le faire, car, pour ma part, je m'en vais ! Vous pouvez bien posséder ces terres, cela ne m'impressionne pas ! Et cela ne vous donne pas le droit de me dicter ma conduite. Grant est encore mon employeur, ne l'oubliez pas !

— Grant ne vous a-t-il pas demandé de m'aider ? N'est-ce pas l'accord que nous avons passé dans mon bureau tout à l'heure ?

Il marqua un temps d'arrêt, sourit et reprit méchamment :

— A moins que vous acceptiez de travailler uniquement lorsque vous y trouvez un profit un peu particulier ?

— J'apprécie votre délicatesse, Robert Brandon. Bravo !

Décidément, il semblait gagner sur tous les tableaux. Elle s'écarta de lui et retourna s'asseoir sur le bord du lit. Dans une attitude de provocation délibérée, elle leva les yeux sur lui.

— Eh bien, que dois-je faire ? reprit-elle. Ne croyez surtout pas que je m'ennuie, mais je n'ai pas de temps à perdre.

Il prit un ton menaçant.

— Vous risquez de perdre bien plus que votre temps si vous ne prenez pas garde.

Et sur ces mots, il se dirigea vers la salle de bains. Avant de refermer la porte, il se tourna vers elle et ajouta :

— Ne vous avisez pas de vous enfuir dès que j'aurai le dos tourné. Vous pourriez le regretter... Si l'inactivité vous pèse, faites donc un peu de rangement, ça vous occupera.

Lorsqu'il claqua la porte, Kylie se redressa, les poings sur les hanches. Ranger sa chambre ? Il ne manquait pas d'audace ! Et d'ailleurs, la pièce était dans un ordre parfait, à l'exception de la chemise sale qu'il avait lancée sur le lit. A cet instant, elle se rappela qu'elle ne l'avait pas vu emporter de vêtements de rechange. Elle craignit qu'il ne s'habille dans la chambre, devant elle. Elle s'approcha de la porte de la salle de bains, frappa et cria :

— Dites-moi ce que vous avez l'intention de mettre, je vous passerai vos vêtements.

— Choisissez ! Rendez-vous utile ! cria-t-il à son tour pour surmonter le bruit de la douche.

Encore une fois choquée par la brutalité de ses réponses, elle profita de ce qu'il ne pouvait pas la voir pour faire une horrible grimace, puis se dirigea vers la penderie. Il n'y avait pas grand-chose, surtout des vêtements de travail. Kylie se souvint que Robert ne demeurait pas à Wanbanalong et supposa que sa garde-robe devait se trouver dans sa propre maison. Elle finit, malgré tout, par découvrir un pantalon marron, une ceinture de cuir et une chemise crème. Dans un compartiment spécial elle trouva une paire de chaussures de daim, et, dans les tiroirs de la commode, des chaussettes et des sous-vêtements. Elle posa les chaussures près du lit et s'approcha de la salle de bains avec les autres effets.

— Voilà ce que j'ai trouvé, dit-elle en entrebâillant la porte juste assez pour lui passer ses affaires.

— Parfait, répondit-il en les lui prenant des mains. Et les chaussures ?

— J'ai pensé que vous pourriez les mettre dans la chambre.

— Votre sollicitude me bouleverse !

Il ne cesserait donc pas ses sarcasmes ! Elle claqua brutalement la porte et retourna s'asseoir sur le lit.

Quand il revint, Kylie ne put s'empêcher de sourire. Il avait certainement essayé de s'habiller correctement, pourtant le résultat n'était pas concluant. Ses cheveux encore mouillés dégoulinaient dans son cou, un seul bouton de sa chemise était attaché et, en mettant sa ceinture, il avait négligé deux passants.

— Oh, mon cher, comme vous êtes séduisant ! plaisanta-t-elle en se levant vivement. Vous aviez raison : vous pouvez très bien vous débrouiller tout seul.

— Très amusant !

Visiblement excédé, il s'efforça d'arranger sa tenue, et plus il se contorsionnait, plus la jeune femme s'amusait. Elle finit par éclater de rire. Elle avait trouvé la faille dans l'armure de Robert Brandon ! Pour rien au monde, il n'aurait voulu lui demander son aide, et pourtant, il ne pouvait se tirer d'affaire seul. Elle était aux anges ! Peut-être n'était-elle pas complètement désarmée devant cet homme, après tout !

— Vous auriez dû sécher vos cheveux, dit-elle doucereusement en sortant une serviette de la commode. Le col de votre chemise est trempé.

— C'est le moindre de mes soucis ! rétorqua-t-il.

Sa voix, quelque peu altérée, attira l'attention de Kylie. Il était soudain très pâle et serrait les dents. Elle se précipita vers lui, alarmée.

— Que se passe-t-il ? Vous vous êtes cogné le bras ?

Robert secoua lentement la tête, parvenant à esquisser un sourire.

— Non, c'est ma clavicule... Je suis resté trop longtemps sans l'écharpe pour soutenir mon bras, et elle me fait diablement souffrir !

— Pourquoi ne pas l'avoir dit ? s'écria-t-elle. Décidément, Grant avait raison : vous êtes un stupide entêté.

Et, sur ces mots, elle prit l'écharpe qu'il tentait de nouer autour de son cou et s'efforça de l'aider.

— Vous êtes trop grand, reprit-elle. Asseyez-vous, sinon, je n'y arriverai pas.

— Désolé... murmura-t-il ironiquement.

Il devait avoir terriblement mal, car il prit de grandes précautions pour s'asseoir sur le lit.

— Voilà qui est mieux...

Dans cette position, elle pouvait accomplir sa tâche avec douceur et efficacité.

— Comment vous sentez-vous ?

— Un peu mieux... Merci. Cela va passer.

— Vous auriez dû aller vous doucher sitôt après avoir enlevé l'écharpe.

La douleur du jeune homme semblait se dissiper. Son visage se détendait. Cependant, Kylie n'était pas préparée au magnifique sourire qu'il lui adressa, et le cœur de la jeune fille se mit à battre plus vite.

— C'est vrai, dit-il. Mais je pensais à autre chose.

Elle eut un petit rire incertain. Elle essayait en vain de discipliner ses sentiments désordonnés.

— A l'avenir, je vous conseille de le faire, dit-elle.

— J'y songerai.

Kylie haussa les épaules. Elle préférait ne pas poursuivre cette conversation. Elle prit la serviette et sourit faiblement.

— Je... Il faut que je vous sèche les cheveux, sinon, vous serez obligé de changer de chemise...

— Je peux m'en occuper, rétorqua-t-il d'un ton bourru.

— A votre place, je n'essayerais pas.

Elle retira vivement la serviette lorsqu'il voulut la lui prendre des mains et commença à frotter vigoureusement le cuir chevelu de Robert.

Bien qu'il acceptât patiemment les soins de Kylie, elle se rendit compte que cela ne lui plaisait guère. Cette constatation lui redonna confiance en elle. Le rapport de force entre eux avait brusquement basculé et elle avait l'intention de profiter de son avantage.

— Dois-je vous peigner ? demanda-t-elle hypocritement lorsqu'elle eut reposé la serviette.

Il se contenta de lui répondre par un regard meurtrier. Elle lui tendit une brosse, sans prononcer un mot. Il y eut un court silence, puis elle reprit, amusée :

— Vous êtes très habile de la main gauche, bravo !

Elle se rappelait qu'il l'avait vivement attrapée à plusieurs reprises.

— Je suis un gaucher contrarié, répondit-il avec humour.

... Cela ne lui était même pas venu à l'esprit !

— Voulez-vous que je remonte votre manche gauche... ? demanda-t-elle. Pour la droite, je suppose que c'est inutile.

Cette fois, il n'avait pas le choix : il devait la laisser faire. Elle roula la fine étoffe jusqu'au-dessus du coude, se redressa et dévisagea Robert. Elle ne parvenait pas à savoir lequel des deux avait été le plus gêné. Robert, parce qu'il aurait préféré se débrouiller seul, sans son aide, ou elle-même, parce qu'elle avait frissonné au contact de la peau bronzée de l'homme et qu'elle en était encore étrangement bouleversée...

Pour dissimuler la rougeur qui lui montait aux joues, elle s'agenouilla et désigna les chaussures.

— Je vous aide ?

Robert les lui prit des mains.

— Non, merci, dit-il en les posant sur le lit à côté de lui.

Pendant un long moment, il essaya de les enfiler et de les lacer lui-même, en vain. Finalement, Kylie décida d'intervenir.

— Faites donc un peu taire votre orgueil ! Il n'y a rien de honteux à demander de l'aide, dans votre situation !

En quelques secondes, il fut chaussé.

— Vous cherchez à vous briser de nouveau l'épaule en vous penchant ainsi ? reprit-elle. Et... ne suis-je pas supposée jouer les infirmières ?

— Je n'ai pas besoin d'une bonne d'enfant ! gronda-t-il.

Kylie s'assit sur ses talons et repoussa une mèche rebelle derrière son oreille.

— Je crois que vous n'avez pas le choix, Robert Brandon, précisa-t-elle doucement.

Une lueur brilla dans les yeux verts de Robert.

— Et cela vous plaît énormément, n'est-ce pas, tigresse ?

Elle fit la moue.

— Je n'irais pas jusque-là, cependant, je dois avouer que...

— Cela ne durera pas longtemps, coupa-t-il. Souvenez-vous-en. Dans un mois, les rôles seront inversés.

Elle lui adressa un regard moqueur.

— Vous m'aiderez à m'habiller ?

— Certainement pas... Grant croirait que je suis son rival !

— Vous auriez dû y penser avant de m'embrasser ! s'écria Kylie en se redressant vivement.

Sa répartie lui avait rendu son amertume et sa combativité.

— A cet instant, vous ne sembliez intéressé que par l'assouvissement de vos instincts débridés ! ajouta-t-elle.

— Pas « débridés », ma douce. Ma situation empêche certains débordements...

— A quelque chose, malheur est bon !

Robert se leva lentement.

— En tout cas, pour vous, dit-il calmement, les bonnes choses prendront rapidement fin.

— Que voulez-vous dire ? demanda-t-elle inquiète.

— Qu'il vous faudra laisser Grant en paix. Quand il reprendra son voyage, je veux être sûr que vous ne tournerez plus autour de lui.

Elle réprima difficilement un cri d'indignation.

— Et comment comptez-vous arriver à vos fins ?

— J'emploierai la ruse, bien sûr... N'est-ce pas ainsi que vous avez obtenu votre engagement ?

Il eut un sourire cruel qui donna le frisson à Kylie et ajouta :

— Comment pensez-vous vous tirer d'un affrontement avec une personne qui connaît tout de vos petites manigances, tigresse ?

Elle serra les dents.

— Je relève le défi.

Mais au fond d'elle-même, elle redoutait la lutte. Elle n'avait guère de chance de gagner contre lui. Elle s'éclaircit la voix et reprit plus fermement :

— Et je vous prie de ne plus me donner ce surnom ridicule ! Je n'ai rien d'une tigresse.

— Comment cela ? s'écria-t-il d'un ton moqueur. Je vous suggère de vous regarder dans un miroir, mon cœur. Vous avez les yeux dorés d'un félin, énigmatiques, méfiants, calculateurs.

— La méfiance est un réflexe bien naturel, en l'occurrence, dit-elle avec un demi-sourire moqueur.

— Je ne parle que de vos yeux, rétorqua Robert, et non de votre moralité !

Les joues de Kylie s'empourprèrent et elle cria, folle de rage :

— Oh ! J'avais raison : vous êtes odieux ! Comment osez-vous porter de telles accusations ? Vous ne savez rien de moi, ni de ma façon de vivre… Et si vous croyez que je vais rester une seconde de plus pour écouter vos insultes, vous vous trompez !

Elle traversa rapidement la pièce, ouvrit la porte et, avant de sortir, elle se tourna une dernière fois vers Robert.

— Vous attachez votre ceinture, lança-t-elle la colère au cœur, mais vous feriez mieux de vous pendre avec !

Un énorme éclat de rire salua cette suggestion. Kylie claqua la porte le plus violemment possible. Puis elle se dirigea vers le hall à grands pas tout en jurant entre ses dents. Cela lui apprendrait à essayer de convaincre cet individu de son innocence ! Dorénavant, il pourrait bien penser ce qu'il voudrait, et aller au diable !…

3

Après avoir été si longtemps retenue, contre son gré, Kylie dut se dépêcher de prendre une douche et de s'habiller avant de rejoindre Grant et ses invités, pour dîner. Il était hors de question qu'elle soit prête pour l'apéritif.

Elle portait une robe bain-de-soleil attachée sur les épaules par deux fines bretelles nouées.

Elle fut surprise d'apprendre que Séléna était la fille de Victor Walmsley et non sa femme, comme elle l'avait imaginé. Ils se ressemblaient beaucoup. Victor devait avoir à peu près le même âge que Grant. Il était grand, corpulent. Ses cheveux grisonnaient ; il émanait de sa personne une impression de calme et de force.

Sa fille était à peine plus petite que lui et possédait un corps sculptural. Elle était vêtue d'une vaporeuse robe du soir en mousseline de soie qui valait sans doute une fortune mais qui ne convenait pas du tout à sa beauté plantureuse. Séléna, heureusement, ne s'en rendait absolument pas compte. Cela devait lui être absolument égal.

En fait, elle ne semblait être intéressée que par une chose : la terre. Comment s'en occuper, comment la faire fructifier... En fait Kylie soupçonnait la jeune fille de vouloir épouser Robert.

Non pas qu'elle fût amoureuse de lui — elle devait

considérer ce sentiment comme une faiblesse — mais pour unir les deux domaines et les fortunes.

Alors qu'ils prenaient place autour de la table, Kylie ne pouvait s'empêcher d'imaginer les pensées de Robert. Serait-il prêt à faire un mariage de raison ?

Inexplicablement, cette idée la troublait... Elle fut contente de l'intervention de Victor Walmsley qui réclamait son attention.

— Vous venez de la Gold Coast, n'est-ce pas, Kylie ?

— C'est exact, je suis née à Surfer, répondit-elle en souriant.

— Vous devez être dépaysée ici...

Ses propos lui rappelaient sa discussion avec Robert à ce sujet. Elle ne put s'empêcher de lui lancer un coup d'œil. Un brusque éclat dans le regard vert lui prouva qu'il se souvenait lui aussi, de leur conversation.

— Oh oui, c'est très différent, dit-elle finalement en s'efforçant de conserver un ton naturel. Nous avons fait un long voyage pour venir rejoindre Robert et je dois avouer que cette région désertique me plaît beaucoup.

Elle marqua un temps d'arrêt pour ponctuer cette affirmation d'un demi-sourire satisfait avant de poursuivre avec enthousiasme.

— En fait, j'ai hâte de visiter votre belle contrée... Ainsi que le Queensland, quand Grant et moi reprendrons notre périple.

— En conduisant Robert, dit Grant, vous aurez l'occasion de voir les moindres recoins de notre terre...

Il se tourna vers son neveu.

— Quand auras-tu retrouvé l'usage de ton bras ?

— Dans trois semaines, répondit-il avec amertume. Néanmoins...

— Allons, tu ne vas pas encore nous répéter que nous n'avions aucune raison de venir ? coupa Grant. Bien sûr, le plus dur est passé. Cependant, avoue qu'un chauffeur te sera bien utile !

— Et il y a mille autres moyens de rendre service... susurra malicieusement Kylie.

Robert fronça les sourcils et demanda :

— Lesquels ?

A cet instant, Abby apporta un plateau et déposa devant chaque convive une part de melon. Kylie s'empara de l'assiette de Robert avant même qu'il ait eu le temps d'esquisser un geste.

— Je peux couper votre nourriture, par exemple, répondit-elle, amusée.

Il fit mine de vouloir l'en empêcher.

— Merci, mais je me suis débrouillé seul jusqu'à présent.

Kylie ne renonça pas.

— Je n'en doute. Mais cela a dû être bien difficile, insista-t-elle, en lui adressant un regard faussement compatissant. Et puis j'ai l'habitude, ma sœur a deux petits enfants qui ont, comme vous, des problèmes pour manier leurs couverts.

Il ne répliqua pas, mais elle comprit, qu'au fond de lui-même, il la maudissait. Elle était sûre d'avoir marqué quelques points. La contre-attaque de Robert, cependant ne se fit pas attendre. Il se tourna vers son oncle et déclara calmement :

— Je suis content que tu sois venu, Grant, et tu pourras bientôt reprendre ton périple... Toutefois, à mon avis, il ne serait pas raisonnable que Kylie reste ton chauffeur.

Il aurait été impossible de dire qui fut le plus surpris par les paroles de Robert... Kylie redressa brusquement la tête, oubliant, tout à coup, le melon qu'elle découpait. Grant, pour sa part, fronça les sourcils.

— Puis-je savoir pourquoi ?

— Je serais, moi aussi, ravie d'entendre vos raisons, renchérit Kylie.

Elle ne s'attendait pas à ce qu'il mette si vite et si

nettement ses projets à exécution. Quant à Séléna et Victor, ils observaient la scène avec curiosité.

— Je ne pense qu'à votre intérêt, ma chère, répondit Robert avec une inflexion moqueuse dans la voix.

Puis il se tourna vers Grant et ajouta :

— Je serais plus tranquille si tu avais un homme pour compagnon... Pour te protéger, par exemple, quand vous sortirez des grandes voies de circulation.

— Mon Dieu ! s'écria Kylie. Quel danger nous menace ? Craignez-vous qu'un kangourou se jette sur votre oncle pour le boxer ?

— Non, répondit Robert, je pensais à un animal autrement plus dangereux.

Comme Kylie serrait les poings, il ajouta :

— L'homme ! Il s'en prend parfois à ses semblables pour des raisons incompréhensibles. Des campeurs ont connu un sort affreux dans le désert... Il n'y a pas très longtemps, deux ans à peine, souvenez-vous.

— Eh bien... C'est vrai, reconnut Kylie, mais ce sont des cas extrêmement rares. Les accidents de la circulation sont bien plus fréquents, et cela ne nous empêche pas de conduire ou de traverser la rue.

— En outre, renchérit Grant, l'agression dont tu parles a eu lieu près d'une ville, je me le rappelle parfaitement. Pour notre part, nous ne campons que dans des circonstances exceptionnelles. Je préfère l'hôtel !

Rassurée par l'attitude de son employeur qui ne semblait pas accepter le point de vue de Robert, elle reprit son occupation.

— Dans ce cas, c'est différent, intervint Victor.

— Il faut néanmoins que Kylie ait de bonnes notions de secourisme et de mécanique...

Cette fois, c'est Séléna qui prenait l'offensive.

— On court toujours de nombreux dangers dans la brousse. Avez-vous pensé aux pannes de moteur, aux

incendies... ? Et si Grant était mordu par un serpent ?
Kylie saurait-elle réagir ?

De nouveau, la jeune femme dut se défendre.

— Bien sûr ! s'écria-t-elle fermement. Elle poussa
l'assiette de melon vers Robert.

Il lui adressa un vague remerciement qu'elle n'entendit pas, toute son attention concentrée sur Séléna.

— Bien que je ne l'aie jamais vu faire, reprit-elle, je
sais qu'il faut placer un garrot, puis inciser au niveau de
la morsure, et...

Elle fut interrompue par l'éclat de rire de Séléna.

— Mon Dieu ! Cette pratique date du Moyen-Age !
La bonne vieille méthode de la coupure... Vous suce-
riez aussi le sang, n'est-ce pas ?

Elle rit de nouveau en adressant un regard complice à
Robert.

— De nos jours, même le garrot n'est plus employé !

Désemparée, Kylie se mordit la lèvre et se tourna
vers son employeur.

— Alors, comment... ? murmura-t-elle.

— Il faut exercer une pression sur la morsure à l'aide
d'un pansement très serré, dit-il. Ce n'est plus la peine
d'aspirer le sang, ni d'appliquer un garrot.

— Mais, comment empêcher le venin de se répan-
dre ? insista-t-elle encore.

— La pression sur la zone atteinte suffit à retarder sa
progression. Les recherches les plus récentes ont
prouvé que le venin des serpents se propage dans le
corps par le système lymphatique et non par les veines,
comme on le croyait auparavant.

Kylie le laissa terminer, hocha lentement la tête et
arbora finalement un sourire triomphant.

— Fort bien ! A présent je sais comment combattre
la morsure d'un serpent, n'est-ce pas ? Voici un problème réglé... Pourtant je suis bien sûre de n'avoir
jamais à l'affronter.

Savourant ce qu'elle pensait être sa seconde victoire,

elle commença à manger. Mais c'était compter sans la tenacité de Robert.

— Pour ma part, dit-il, je ne pensais pas aux périls naturels...

— Et vous exagérez les autres dangers ! coupa Kylie qui comprenait très bien l'intention de Robert. Vous vivez dans cette région, vous savez que nous ne risquons pratiquement rien !

— C'est parce que je vis ici que je peux apprécier très exactement les risques, coupa-t-il sèchement. Le désert, cette terre fantastique, peut devenir un tombeau pour celui qui ne sait pas déjouer ses pièges.

— Je persiste à penser que vous exagérez, insista fermement Kylie. Heureusement, Grant ne paraît pas effrayé ; sinon, il ne m'aurait pas engagée.

Il y eut un court silence que Robert rompit de nouveau.

— Peut-être avait-il autre chose en tête à cet instant...

Furieuse, elle le foudroya du regard. Amusé par le duel des deux jeunes gens, Grant éclata de rire.

— Eh bien, nous éviterons de camper, ainsi il n'y aura plus de danger.

Mais Victor ne paraissait pas de cet avis. Il hocha la tête en signe de dénégation.

— Si vous voulez voyager dans le désert, vous y serez contraints.

— Je suis de l'avis de Robert, renchérit Séléna, vous seriez davantage en sécurité avec un homme grand.

Elle tourna la tête vers Kylie et lui adressa un sourire contraint.

— Je ne mets pas vos capacités en cause, bien sûr. Je suis certaine que vous agissez de votre mieux. Cependant, je crains que vous ne puissiez faire face à toutes les difficultés que vous risquez de rencontrer.

Il fallait que Kylie se défende encore. Elle était persuadée que Séléna avait une idée en tête. Pourquoi tenait-elle tant à la voir s'éloigner de Grant ? Certainement pas à cause d'une sincère inquiétude quant à leur sauvegarde...

— Donnez-moi un exemple ? demanda Kylie sans perdre son calme.

— Voyons... Savez-vous changer une roue ?

Kylie avala tranquillement une bouchée de melon avant de répondre.

— Vous ignorez que j'ai travaillé pendant trois ans dans une station-service, Séléna.

— Oh, je n'ai jamais douté que vous connaissiez la technique, répliqua Séléna avec emphase. Mais je crains que vous ne *puissiez* le faire... Le véhicule tout terrain de Grant comporte un système d'écrou très compliqué. Nous possédons le même et j'ai, moi-même, beaucoup de mal à sortir la roue de secours. Pourtant, je suis robuste... Je ne crois pas que vous ayez la force nécessaire...

— Mais moi, je l'ai, coupa Grant.

— C'est exactement ce que je voulais démontrer, reprit Séléna avec assurance. Si vous êtes malade, vous êtes perdu ! Vous n'aurez pas, près de vous, quelqu'un qui puisse vous venir en aide de façon efficace.

— C'est en effet un argument, approuva timidement Victor.

— Ce sont des affirmations gratuites, se défendit vivement Kylie. J'aimerais essayer de changer l'une de ces roues démoniaques, avant que l'on me juge... Je ne suis pas une petite nature !

Robert remercia Abby qui desservait la table et tourna la tête vers Kylie.

— Vous n'avez pas non plus une carrure d'athlète, ma douce... Comment devait-elle interpréter son intervention ? Etait-ce un compliment ou un reproche ? Venant de sa part ce ne pouvait être une remarque amicale, aussi se contenta-t-elle de hausser ostensiblement les épaules.

En fait elle espérait voir les convives aborder un autre sujet de conversation. Elle ne trouverait aucun avantage à prolonger celui-ci. Si Robert et Séléna se relayaient pour trouver des arguments susceptibles de troubler Grant, ils finiraient par le convaincre d'engager un homme à sa place.

Heureusement, Abby apporta la suite du repas, et chacun la complimenta. Grant découpa la viande tandis qu'Abby passait les plats de légumes. Quand Robert fut servi, il poussa son assiette vers Kylie. Celle-ci le regarda, éberluée.

— Cela vous évitera de me prendre par surprise, dit-il à voix basse.

La jeune femme se ressaisit vivement et répliqua sur le même ton :

— Avouez que je me suis bien débrouillée avec le melon...

— Je ne sais pas... En tout cas, vous vous êtes bien débrouillée aussi avec Grant...

— C'est-à-dire ?...

Il eut un petit rire.

— Vous l'avez convaincu qu'il avait choisi le meilleur compagnon de voyage, n'est-ce pas, tigresse ?

— Je fais de mon mieux, rétorqua-t-elle, railleuse.

— Et c'est presque trop bien, concéda-t-il.

Kylie surprise, s'interrompit le couteau en l'air, pour lui lancer un regard plein d'espoir.

— Seriez-vous, par hasard, en train d'admettre votre défaite ?

Il secoua lentement la tête et dit, en la fixant dans les yeux :

— Vous savez, la ligne droite n'est pas toujours le seul chemin pour aller d'un point à un autre.

— Alors, vous préférez les chemins détournés ?

Le sourire de Robert fit frémir Kylie.

— Cette méthode à réussi à d'autres, pourquoi pas à moi ?

— Je n'ai jamais usé de ruse! rétorqua-t-elle, indignée.

Il fronça les sourcils et feignit l'étonnement.

— Même lorsque vous vous êtes proposée pour découper ma part de melon?

Elle ne put s'empêcher de rougir mais résista encore à l'attaque de Robert.

— Je parlais de mes relations avec Grant.

La voix agacée de Séléna s'éleva soudain, haute et claire, dans la pièce.

— Pouvez-vous interrompre un instant vos apartés avec Kylie, Robert? Par deux fois, j'ai essayé, sans succès, d'attirer votre attention.

— Pardonnez-moi, dit-il en souriant. Que vouliez-vous me dire?

— Je parlais du tournoi de tennis qui doit se dérouler le week-end prochain, répéta-t-elle avec impatience. Avant votre accident, nous avions projeté de l'organiser à Elouera Springs.

— Eh bien, quel est le problème?

— J'ai commencé à prendre les inscriptions...

Elle se tourna vers Kylie.

— Je suis la secrétaire de notre club.

— C'est aussi notre meilleure joueuse, renchérit Victor avec fierté.

Séléna accepta le compliment le plus naturellement du monde et reprit:

— Maintenons-nous la compétition à Elouera Springs ou devons-nous trouver un autre terrain?

— Ne changez rien, répondit Robert négligemment. Je vais joindre Adrian pour qu'il prépare le court et Mme Hirst pour qu'elle organise le déjeuner. Tout sera prêt, ne vous inquiétez pas.

— Parfait! s'écria Séléna.

Mais elle se rembrunit aussitôt et ajouta:

— Pourquoi conservez-vous cette odieuse Mme Hirst à votre service? Elle doit avoir quatre-vingts ans, elle est sourde comme un pot et ne cesse de faire des réflexions insolentes... Si Grant acceptait de vous suivre à Elouera Springs, vous auriez Abby, elle serait trois fois plus efficace que la vieille Mme Hirst ; vous pourriez la mettre à la porte.

— Voyons, Séléna...! intervint Victor, visiblement gêné.

Kylie choisit cet instant pour pousser l'assiette vers Robert. Elle nota avec satisfaction que, cette fois, le menaçant regard vert était dirigé vers Séléna.

— La vieillesse est un état qui nous guette tous, Séléna, dit-il en s'efforçant de conserver son calme. Mme Hirst n'est peut-être plus aussi efficace que par le passé, mais elle est encore alerte. De plus... Elle a été une mère pour moi et ne me fait jamais la moindre remarque insolente. Je ne peux lui reprocher ni son grand âge, ni sa surdité. Aussi longtemps qu'Elouera Springs m'appartiendra, elle y sera chez elle, qu'elle soit efficace ou non.

Kylie fut impressionnée par la détermination de Robert. Apparemment Séléna ne s'avouait pas vaincue : elle insista.

— Pour ma part, j'estime qu'il est ridicule de continuer de rémunérer quelqu'un qui ne rend plus les services désirés. Si vous êtes néanmoins décidé à la garder, vous devriez réduire son salaire au minimum pour employer une autre personne qui ferait le travail à sa place.

Robert inclina la tête et la gratifia d'un sourire glacial.

— Je vous remercie de votre avis, Séléna, mais je suis assez grand pour prendre mes décisions seul... De plus, je suis satisfait des services que me rend Mme Hirst et je ne vois aucune raison de changer.

Séléna poussa un soupir résigné, leva les yeux au ciel et finit par tourner son attention vers Kylie.

— Vous ne jouez pas au tennis, bien sûr ? demanda-t-elle négligemment.

Kylie resta imperméable au mépris de Séléna et sourit. La plantureuse jeune femme venait d'être défaite par Robert et cherchait une victime pour restaurer sa fierté. Kylie n'était pas prête à admettre la supériorité de Séléna.

— J'y joue parfois, répondit-elle simplement. Sur la Gold Coast, nous ne pratiquons pas uniquement le surf, comme certains le pensent.

Une lueur sarcastique brilla dans le regard de Séléna.

— Qu'entendez-vous par : « jouer au tennis » ? Je me méfie toujours de ces affirmations.

Kylie sourit de nouveau. Elle n'avait pas l'intention de révéler à Séléna qu'elle pratiquait ce sport depuis son enfance, et qu'elle avait été classée l'année précédente.

— Seriez-vous capable — en faisant un effort — de rester sur le court le temps d'une partie complète ? ajouta Séléna.

— Oh, bien sûr ! répondit Kylie en prenant soin de ne pas trahir son amusement. Mes partenaires n'ont jamais eu à me reprocher une désertion.

— Dans ce cas, vous accepterez de figurer dans notre tournoi, dimanche prochain ? Pam Shields est en vacances, et Adrian n'a plus de partenaire pour le double mixte. Je suppose qu'il prendrait n'importe qui avec lui plutôt que de déclarer forfait.

Seul l'espoir de prendre rapidement sa revanche sur le court empêcha Kylie de refuser l'invitation de Séléna.

— J'accepte avec plaisir, dit-elle d'un ton qu'elle espérait aimable. Je promets de faire de mon mieux pour seconder Adrian.

— Ne vous inquiétez pas… ironisa Séléna. Il est bon perdant. Il ne vous en voudra pas si vous êtes responsable de sa défaite.

De nouveau, Kylie se fit violence pour ne pas remettre cette impudente à sa place. Elle prit une profonde inspiration et changea de sujet de conversation.

— Pouvez-vous me dire qui est Adrian? Voilà plusieurs fois que l'on prononce son nom, ce soir.

— Il est mon bras droit-intendant-secrétaire et ami à la fois, répondit Robert. Vous le rencontrerez certainement à la vente aux enchères, demain.

— Oh, nous allons à une foire? s'écria Kylie en se tournant vers Grant pour guetter un signe d'assentiment. Où?

Son employeur haussa les épaules en signe d'ignorance.

— Je ne sais pas... Certainement à Broken Hill. Demandez à Robert.

Il s'adressa à son neveu.

— Tu as l'intention de vendre ou d'acheter?

— Si vous me permettez, dit Victor, je crois que Robert achètera... Nous aussi d'ailleurs. Henry Burbridge disperse son troupeau et vous connaissez la qualité de ses bêtes.

Grant fronça les sourcils.

— Pourquoi Henry vend-il?

— Eh bien, il ne rajeunit pas, expliqua Victor. Ses filles sont mariées et vivent loin d'ici, il n'a pas de fils pour prendre la succession, il ne voit pas l'intérêt de s'épuiser davantage à la tâche.

Il marqua une pause et ajouta :

— Je crois qu'une de ses filles lui a proposé de venir habiter chez elle. Il veut certainement aller la rejoindre.

— Dans ce cas, la vente ne se fera pas à Broken Hill mais dans son ranch, dit Grant.

Victor acquiesça.

— Oh, comme c'est dommage, dit Kylie, visiblement désolée.

Robert lui adressa un regard curieux.

— Pourquoi dites-vous cela ?

Elle fit la moue et répondit :

— J'avais tellement envie de visiter la « Cité d'Argent ».

— Vous avez déjà entendu parler de Broken Hill ?

— J'ai lu des articles concernant cette ville. Mais j'aimerais la voir.

— Dans ce cas, vous serez heureuse d'apprendre que j'y ai rendez-vous demain, dans l'après-midi, dit Robert. Vous pourrez voir la « Cité d'Argent ».

Fort satisfaite, Kylie recommença à manger. Séléna reprit la parole.

— Je ne vois pas ce que Broken Hill peut avoir de fascinant ! C'est une ville de mineurs, un point c'est tout.

— En effet, répliqua Kylie, mais c'est aussi le quartier général de la « Société des Docteurs Volants » et celui de l'Ecole de l'Air de la Nouvelle-Galles du Sud. En outre, on y a découvert le plus gros filon d'argent du monde. Et le simple fait que toutes ces curiosités se trouvent dans une région aussi désolée donne à cette ville un attrait irrésistible.

Séléna haussa les épaules et tenta de la décourager.

— De toute façon, ils n'acceptent pas les femmes dans la mine... Vous serez déçue.

Kylie ne renonça pas.

— Au contraire, c'est un soulagement. J'admire le travail des mineurs, mais pour rien au monde, je ne descendrais avec eux dans les profondeurs de la terre. Je n'aimerais pas avoir des milliers de tonnes de roche au-dessus de ma tête.

Elle s'interrompit un instant, puis demanda :

— Quelle est leur profondeur ?

Séléna fit une moue en signe d'indifférence, Grant et Victor paraissaient, eux aussi, ignorants du fait. Ce fut Robert qui répondit.

— Il y a trente sept niveaux, sur un kilomètre et demi.

Kylie frissonna à l'idée de descendre à cette profondeur.

— Je ne m'y aventurerai jamais... J'aime sentir la terre sous mes pieds. Pas au-dessus de moi !

— Je suis de votre avis, renchérit Victor avec assurance.

Il y eut un silence, pendant lequel les convives firent honneur à la cuisine d'Abby. Puis, soudain, Séléna crut bon de faire un nouveau commentaire sur les mines.

— Vous savez, bien sûr, qu'il ne reste rien de la « colline brisée » qui donne son nom à la ville ? dit-elle à Kylie. Il ne reste que des monticules d'où l'on extrait des résidus sans valeur.

Kylie fut quelque peu déçue par cette nouvelle, mais Robert intervint aussitôt.

— Je ne tirerais pas des conclusions aussi hâtives. Grâce aux nouveaux procédés d'extraction, j'ai entendu dire qu'on pouvait encore y faire fortune.

— Peut-être, concéda Séléna. Seulement, Kylie ne doit pas s'attendre à une visite très originale. Jadis, quand les premiers prospecteurs la baptisèrent péjorativement : « la colline des déchets », ils ne savaient pas combien leur prophétie se révélerait exacte.

Robert éclata de rire.

— Mais, nombre d'entre eux ont dû se mordre les doigts lorsqu'ils apprirent que des fortunes colossales furent bâties à partir de l'exploitation des filons d'argent.

— Qui a découvert le minerai ? demanda Kylie, vraiment intéressée.

— Ah ! Je peux répondre à cette question, s'écria Grant. Il s'appelait Charles Rasp. C'était un garde-frontière du poste de Mount Gipps qui faisait de la prospection, à ses heures. En 1883, il trouva un morceau de minerai et crut qu'il s'agissait d'un morceau d'étain, jusqu'au jour où il reçut le rapport d'analyse.

Il marqua un temps d'arrêt et ajouta :

— Bien sûr, il abandonna aussitôt ses anciennes fonctions. Il devint très riche et c'est lui qui commanda « L'Arbre d'Argent » qui fut fait à partir du premier chargement de minerai qui sortit de la mine. On peut le voir aujourd'hui à l'Hôtel de Ville.

— Pourquoi a-t-il voulu que ce monument ait la forme d'un arbre ? demanda Kylie.

— Pour qu'il corresponde à la région où a été découvert le filon. Les artistes ont réalisé une œuvre remarquable de trois mètres de haut. C'est un véritable paysage, avec des kangourous, des wallabys et des moutons. On y voit aussi un aborigène et un gardien de bestiaux à cheval. Tout cela autour du tronc de l'arbre.

— Je ne comprends pas, insista Kylie. Il n'y a pas un seul arbre dans toute la région, excepté ceux que vous avez plantés près de la maison.

— Il n'y en a plus, coupa laconiquement Robert.

Elle se tourna vers lui et fronça les sourcils.

— Que voulez-vous dire ?

— Ils ont disparu.

Kylie pensa à un incendie, pourtant, ce n'était pas la raison. Tous les arbres n'auraient pu être détruits définitivement.

— Ils ont servi à étayer les galeries de mine, poursuivit Robert avec une nuance de regret dans la voix. D'autres ont fini dans les fourneaux des fonderies. Autrefois, c'était une région très isolée, et le bois demeurait le seul combustible. Le résultat, vous pouvez le constater : il n'y a plus un seul arbre sur des centaines de kilomètres à la ronde, à l'exception de ceux qui ont été plantés plus tard, bien sûr. Ils servent à éviter les éboulements de terrains et les tempêtes de poussière qui sont si courants à Broken Hill.

— Je vois... dit Kylie. Le manque d'arbre ne gêne pas l'élevage ?

— Pas du tout ! s'écria Séléna ravie de pouvoir enfin prendre part à la discussion. Il y a bien d'autres endroits où un mouton peut trouver de la nourriture : près des points d'eau, mais aussi sur les buissons d'acacia, sur les prés salés, dans les ravines, derrière les rochers, et ainsi de suite...

Kylie écouta les explications de la jeune femme sans émettre de commentaire. Bien qu'elle ait de nombreuses autres questions à poser, elle s'abstint. Séléna tenterait encore de la faire passer pour une sotte. Elle préférait attendre d'être seule avec Grant pour se renseigner.

En conséquence, la conversation dériva vers des sujets sans intérêt. Pour paraître sociable, Kylie y participa de temps à autre.

A la fin du repas, lorsque Grant proposa de passer au salon. Séléna se mit à jouer du piano, et Kylie aurait volontiers recommencé la discussion plutôt que d'écouter la jeune femme.

En vérité, Séléna n'était pas une virtuose, et le morceau qu'elle avait choisi était si ennuyeux qu'il fallait un effort surhumain pour ne pas s'endormir. A la dixième fausse note, Kylie regarda autour d'elle pour voir si les autres convives partageaient son opinion.

Grant avait les yeux fermés, et sa tête reposait sur le haut du fauteuil, mais elle fut incapable de juger s'il dormait ou non. Victor dévorait sa fille des yeux avec fierté. Quant à Robert, il était assis sur un tabouret, près du bar, et Kylie nota qu'il observait aussi le comportement de ses compagnons.

Lorsqu'il se leva et traversa la pièce pour s'approcher d'elle, son engourdissement se dissipa ; elle fut immédiatement sur ses gardes. Depuis son arrivée, elle se querellait sans cesse avec Robert. Elle ne voyait pas pourquoi il en serait autrement cette fois-là.

— Etes-vous une passionnée de musique classique ? demanda-t-il à voix basse en s'asseyant dans le canapé, tout près d'elle.

— Oui, répondit-elle doucement en jetant un coup d'œil à la silhouette vêtue de soie, assise au clavier.

Mais hélas, son affirmation fut aussitôt contredite par un bâillement qu'elle ne put réprimer tout à fait.

— Nous... nous avons eu une journée épuisante, reprit-elle pour s'excuser. Grant et moi avons parcouru près de sept cents kilomètres pour venir ici.

Robert posa négligemment son bras gauche sur le dossier du canapé. Sa main effleurait les cheveux de la jeune fille.

— Vous êtes venue si vite, rien que pour m'offrir vos services ?

— Vous ne paraissez pas les apprécier, répondit-elle nerveusement.

La main de Robert, si proche, l'inquiétait.

— Oh, ne dites pas cela...

Ses doigts jouaient négligemment avec les fins cheveux bruns.

— ... Comment aurais-je pu dîner si vous n'aviez pas été là ?

Kylie tourna brusquement la tête vers lui, prête à l'affronter. Mais elle rencontra aussitôt le fascinant regard vert. Elle voulut parler, mais sa gorge se noua. Elle se contenta de le regarder, impuissante et muette.

— Eh bien... ? insista Robert sarcastique.

— Je pense que Séléna se serait très volontiers occupée de vous, parvint-elle enfin à répondre, d'une voix basse et enrouée.

Il secoua la tête.

— D'où vient cette idée ? Elle n'y aurait même pas pensé... Pour elle la vie est un rude combat, et chacun doit s'élever à la force du poignet... Même quand il est cassé.

Etait-ce la raison pour laquelle il avait si difficilement

accepté son aide ? Parce qu'il savait que Séléna ne l'approuvait pas ? Cette idée aurait dû l'amuser, mais Kylie, étrangement, n'en ressentit qu'amertume et tristesse. En fait, elle avait éprouvé une sorte de plaisir à l'assister… Un plaisir déconcertant.

— Et vous êtes du même avis qu'elle, évidemment murmura-t-elle avec un regain d'ironie.

Elle essaya de libérer ses cheveux, mais s'aperçut qu'elle ne le pouvait pas. Robert les tenait fermement.

— Vous croyez ? dit-il. Je n'ai fait que vous remercier pour les services que vous m'avez rendus pendant le repas.

— Ce n'étaient que des sarcasmes ! rétorqua-t-elle avec une grimace.

Il sourit et murmura.

— Quel être vil je suis ! Alors que vos attentions étaient absolument désintéressées.

Kylie rougit, mais ne détourna pas les yeux, bien déterminée à ne pas se laisser prendre au charme de cet homme.

— Que vous importe ? dit-elle. De toute façon, vous les auriez crues mauvaises.

— En êtes-vous certaine ?

Cette fois, la colère la gagnait. Elle en avait assez de cette provocation permanente.

— Oui, j'en suis sûre ! répondit-elle en élevant la voix. Et, pour être franche, je…

— Chut ! coupa Robert avec un sourire amusé. Séléna va croire que vous n'appréciez pas ses talents musicaux.

Effectivement, Séléna fixa un instant son regard sur les deux jeunes gens. Ils purent y lire de sérieux reproches ; heureusement elle fut obligée de concentrer a nouveau son attention sur le clavier. Mais il n'en était pas de même pour Victor et Grant, qui ne les quittaient pas des yeux. Victor avait l'air offensé, et son ami paraissait beaucoup s'amuser.

Kylie, embarrassée, s'enfonça un peu plus dans son siège et lança un regard mauvais à Robert.

— Allez-vous-en ! murmura-t-elle.

Il ne répondit pas et sa main descendit sur la nuque de la jeune femme. Elle secoua furieusement la tête, mais Robert l'attirait inéxorablement vers lui, une étincelle de rire au fond des yeux.

— Que... Que voulez-vous ? balbutia-t-elle en essayant de se dégager.

— Cela me paraît évident, dit-il en se penchant pour lui parler à l'oreille. J'essaie de vous dire...

— Eh bien, je n'ai pas envie de vous écouter, figurez-vous !

Il y eut un court silence.

— Est-ce définitif ?

Sans prendre garde à la gravité du ton de Robert, elle répondit vivement :

— Oui !

Alors, il haussa négligemment l'épaule gauche, comme si cela n'avait vraiment aucune importance.

— Comme vous voudrez...

Il se leva et retourna s'asseoir sur le tabouret près du bar.

La façon soudaine dont il se désintéressait d'elle plongea Kylie dans un abîme de perplexité.

Chose étrange, à présent qu'il était parti, elle s'en voulait d'avoir refusé de l'entendre. Cependant, il ne devait surtout pas s'en rendre compte. Plaquant sur son visage une expression de complète indifférence, elle fit semblant d'écouter la fin du morceau que Séléna massacrait.

4

Le lendemain, lorsque Kylie descendit dans la salle à manger pour prendre son petit déjeuner, Grant se leva pour la saluer.

— Bonjour Kylie. Je viens de voir Robert, il nous rejoindra dans quelques minutes.

Il s'interrompit et reprit aussitôt avec curiosité :

— Que s'est-il passé entre vous, hier soir, pendant le concert improvisé de Séléna ?

Elle haussa les épaules.

— Je ne sais plus exactement. Pourquoi n'interrogez-vous pas votre neveu ?

— Je l'ai fait, dit-il dans un soupir.

— Eh bien… ?

— Aucun résultat. Lorsqu'il s'agit de vous, je ne peux tirer un seul mot de lui.

Il marqua une pause et fronça les sourcils.

— Il faut que vous lui parliez dès aujourd'hui, Kylie. Sinon, ce malentendu risque de prendre des proportions incontrôlables. Si vous ne vous en chargez pas, je me verrai obligé de mettre les choses au point, que vous le vouliez ou non.

Kylie reposa vivement le bol de café qu'elle allait porter à ses lèvres.

— Mais je lui ai parlé ! protesta-t-elle. Hier soir, avant le dîner, j'ai essayé de lui faire entendre raison.

— Vous avez « essayé »...? Je ne comprends pas.

— Il... il a refusé de me croire, murmura-t-elle.

Grant parut embarrassé.

— Vous aviez l'intention de lui donner une leçon. Donc vous ne vous êtes pas montrée très persuasive, n'est-ce pas ?

— Ce n'est pas vrai ! s'écria-t-elle. Honnêtement, j'ai fait tout ce que j'ai pu pour le convaincre. Mais il avait décidé de ne pas me croire, c'est tout.

— Et vous abandonnez ? Pourquoi ne m'en avez-vous rien dit, hier soir ?

Grant semblait gagné par la colère, et Kylie n'osait soutenir son regard.

— Je... Enfin... Je pensais que vous ne pourriez pas le faire changer d'avis...

— C'est ce que l'on va voir ! s'écria Grant en repoussant son assiette.

Il se leva et se dirigea d'un pas décidé vers la porte. Kylie se redressa, inquiète.

— Vous n'allez pas lui parler ?

Grant s'arrêta, hocha affirmativement la tête.

— Tout cela a assez duré. J'ai l'intention de mettre un point final à cette histoire. Hier, ce quiproquo m'a amusé ; aujourd'hui il ne me fait plus rire du tout... Je n'aurais jamais dû accepter de vous laisser agir comme vous l'entendiez.

Kylie se mordit la lèvre en le regardant quitter la pièce. Elle n'osait imaginer qu'elle serait la réaction de Robert en entendant les explications de son oncle. Elle redoutait encore plus l'attitude qu'adopterait Grant quand il reviendrait. Si elle devenait la cause d'une dispute entre lui et son neveu, elle pouvait chercher une autre place.

Distraitement, elle déposa l'assiette de Grant sur un plateau chauffant. Avait-il déjà trouvé Robert ? Que lui disait-il ? Que répondait Rober ? Un frisson la parcourut. Le jeune homme expliquait-il à son oncle que tout allait bien avant l'arrivée de Kylie ? Ou bien était-il trop énervé pour retenir sa colère ? De toute façon, le résultat de cette conversation ne serait pas à son avantage.

Elle n'avait pas bougé lorsque Grant, visiblement nerveux, revint dans la salle à manger, Robert derrière lui. Kylie les observa rapidement pour tenter de deviner leurs sentiments. A sa grande surprise, ils paraissaient bien moins excédés qu'elle ne l'avait prévu. Si Robert n'extériorisait pas ses sentiments, elle ne se sentait pas moins en danger. Une épée de Damoclès était suspendue au-dessus de sa tête. Plutôt que de supporter davantage cette angoisse, elle préféra provoquer une réaction de la part des deux hommes.

Un pâle sourire se dessina sur ses lèvres et elle les dévisagea.

— Dois-je démissionner ? demanda-t-elle d'une voix sourde. Ou bien...

— Démissionner ? s'écria Grant surpris. Mais que se passe-t-il ? Pourquoi voulez-vous me quitter ?

Sans les regarder, Robert intervint en se servant des œufs au bacon.

— Je crois que Kylie a peur d'être renvoyée.

— Ce n'est pas sérieux ! protesta Grant.

Il se tourna vers la jeune femme.

— Est-ce vrai ? Vous craignez d'être mise à la porte ?

Bien que rassurée, Kylie ne put prononcer un mot. Elle se contenta de hocher la tête. Grant paraissait ne rien comprendre à la situation.

— Pourquoi ? Vous ai-je déjà menacée d'une telle sanction ?

— Non... bredouilla-t-elle. Pourtant...

La réponse de Robert tomba comme une sentence.

— Elle pensait que j'arriverais à te persuader de le faire.

Kylie sursauta et lui adressa un regard étonné. Elle

ne croyait pas qu'il aurait la franchise d'avouer cela à son oncle.

— Ah, je commence à comprendre, murmura Grant en secouant la tête.

Il marqua une pause, se frotta les mains et ajouta gaiement :

— Enfin, tout cela appartient au passé, maintenant... N'est-ce pas ?

Son regard alla de Robert à la jeune femme.

— Si vous étiez tous les deux des hommes, je vous proposerais d'échanger une poignée de main et d'oublier vos querelles.

Robert fit un sourire amusé.

— Et, dans notre cas, que proposes-tu ? Que nous nous embrassions ?

Kylie coupa court à cette discussion. Elle lui tendit la main, par-dessus la table.

— Je crois qu'une poignée de main suffira, dit-elle la gorge serrée.

Peu lui importait la teneur de la conversation que les deux hommes avaient eu. Robert ne semblait pas avoir changé d'attitude, mais elle ne voulait plus entrer dans son jeu.

Comme s'il avait pu lire dans ses pensée, Robert lui adressa un sourire moqueur, et une lueur étrange brilla dans les yeux d'émeraude. Finalement, Les doigts fins de Kylie disparurent dans la large main de Robert. L'expression de l'homme, autant que son contact, fit frissonner Kylie ; elle se dégagea vivement.

— Parfait ! dit Grant. A présent, nous pouvons, peut-être prendre notre petit déjeuner.

Ils commencèrent à manger, et la jeune femme observa attentivement Robert qui luttait farouchement avec sa nourriture. Pendant un court moment, elle parvint à feindre l'indifférence, mais bientôt, elle n'y tint plus.

— Vous êtes vraiment l'individu le plus obstiné que

j'aie jamais rencontré, dit-elle dans un soupir. Ne serait-il pas plus simple de demander de l'aide ?

Robert réprima difficilement un rire et répondit, moqueur :

— Je ne savais pas si nos nouvelles conventions m'y autorisaient.

Il poussa son assiette vers Kylie.

— Quelle soudaine et surprenante humilité, plaisanta la jeune fille.

— Allons ! Allons ! coupa Grant. Vous n'allez pas de nouveau vous disputer ! Je ne tiens pas à me mêler de vos affaires, mais nous devons nous dépêcher si nous voulons arriver à temps à la vente.

Kylie rendit son assiette à Robert qui regardait son oncle, l'air surpris.

— Je croyais que tu désirais rester à la maison pour te reposer, dit-il.

— Eh bien, peut-être ai-je compris que cela se passerait mieux si je vous accompagnais.

Robert éclata de rire.

— Ne t'inquiète pas, je n'avais pas l'intention de tordre le cou de ta protégée dès que tu aurais le dos tourné. Elle n'a pas besoin d'un garde du corps !

— J'ai d'autres raisons de vouloir venir, mentit Grant. Peut-être est-ce ma dernière chance de voir Henry avant qu'il ne quitte la région.

— Tu sais parfaitement qu'il organisera une réception avant son départ.

Le vieil homme n'appréciait pas la situation de défense dans laquelle il se trouvait. Il contre-attaqua aussitôt :

— Essaies-tu de me faire comprendre que tu préférerais te passer de ma présence ?

— Tu sais bien que non, répliqua Robert imperturbable. D'ailleurs, si la vente se prolonge, j'aimerais que tu restes pour saisir les dernières affaires. Tu sais que je dois partir ensuite en ville. Je pourrais demander à

Adrian de s'en charger, mais il manque encore un peu d'expérience... Je serais plus rassuré si tu procédais toi-même aux achats.

— C'est d'accord, répondit Grant, visiblement satisfait de rendre service à son neveu. Que vas-tu faire en ville ? Cela a-t-il un rapport avec la propriété ?

Robert désigna son plâtre.

— Non. Je vais à l'hôpital, Derek veut voir comment les fractures évoluent.

— Penses-tu qu'il y ait des complications ?

— Je ne crois pas. Hier, cependant, j'ai eu quelques problèmes...

— Oh, c'est vrai... Je m'en souviens, dans le bureau, acquiesça Grant, les sourcils froncés.

Kylie baissa la tête et se concentra sur le contenu de son assiette. Visiblement, Robert faisait allusion à des incidents survenus plus tard dans la journée.

— Il faut faire attention, reprit Grant, soucieux. Si les fractures ne se ressoudent pas correctement, il est préférable d'opérer immédiatement.

A ces mots, Kylie se redressa brusquement.

— Ce ne sera pas nécessaire, n'est-ce pas ? demanda-t-elle avec une réelle inquiétude.

Grant soupira.

— C'est une éventualité qu'il ne faut pas négliger. S'il souffre encore...

Mais c'était la réponse de Robert que Kylie attendait. Il eut un sourire rassurant.

— J'en doute, dit-il avec un sourire.

Il marqua une pause. Kylie était visiblement soulagée. Il ajouta aussitôt, ironiquement :

— Ne soyez pas si effrayée ; les infirmières doivent donner du courage à leurs patients et non les démoraliser.

Kylie se ressaisit et répliqua sur le même ton :

— Vous savez, les bonnes d'enfants sont toujours affolées lorsque leurs tâches dépassent leurs capacités.

Grant ne pouvait comprendre le sens des propos de la jeune femme, mais il n'en était pas de même pour Robert.

— Vous aurez bien d'autres raisons de vous affoler, ma chérie, souffla-t-il discrètement.

— Je pourrais vous en dire autant, rétorqua-t-elle dans un murmure.

Lorsqu'ils arrivèrent à la propriété de Burbridge, un grand nombre de voitures étaient garées près des bâtiments, et des groupes se formaient. Il y avait surtout des hommes.

Robert et Grant se dirigèrent immédiatement vers les enclos et la lainerie, s'arrêtant fréquemment pour présenter Kylie à des amis, échanger quelques mots avec eux. Une partie du troupeau avait déjà été sélectionnée, et les moutons étaient parqués, seuls ou par deux, en une douzaine de lots, près d'un arbre. Kylie fit alors la connaissance d'Adrian Cresswell, le bras droit de Robert.

Il devait avoir un peu moins de trente ans, et ses yeux gris pétillaient de malice. Il paraissait très sympathique et entretenait manifestement d'excellents rapports avec son employeur. Tout le monde semblait l'aimer. Kylie le trouva aussitôt d'agréable compagnie.

En longeant des enclos, Kylie se tourna soudain vers lui et s'écria.

— Oh, j'allais oublier! Séléna m'a désignée pour être votre partenaire au tournoi de tennis qui aura lieu dimanche prochain. Etes-vous d'accord?

— Bien sûr, répondit-il avec un large sourire. Je suis même ravi.

— Mais... Vous ignorez si je suis une joueuse correcte...

— Cela me paraissait évident.

Kylie sourit à son tour.

— Vous avez raison.

— Vous ne manquez pas d'assurance.

— Non, en effet.

Adrian se frotta les mains et éclata de rire. Grant et Robert tournèrent la tête vers eux et furent surpris de les voir si joyeux.

— Quelle bonne nouvelle, insista Adrian. J'espère que Séléna n'en sait rien.

Kylie se mit sur la pointe des pieds pour confier à l'oreille du jeune homme :

— Elle me croit incapable de renvoyer la balle de l'autre côté du filet.

— C'est pourquoi elle vous a désignée comme partenaire pour moi... Voyez-vous, c'est elle que nous rencontrerons, dimanche, associée à Brian Antill.

— Je comprends... Elle espère une victoire facile.

— Exact... Séléna adore gagner.

— Nous sommes tous pareils, répliqua gentiment Kylie : Sont-ils dangereux ?

— Ils jouent très bien, c'est certain, répondit-il sérieusement. D'habitude, Séléna est la partenaire de Robert. Ensemble, ils n'ont pas été battus depuis trois ans. Brian a presque autant de qualités que Robert. Son service n'est pas aussi puissant, mais il possède tous les coups du tennis.

— Et Séléna ?

Adrian repoussa son chapeau à larges bords sur sa nuque et fit une moue dubitative.

— Il ne faut pas s'attendre à la moindre défaillance de sa part. Bien sûr, elle n'est pas très rapide, mais elle possède une allonge remarquable qui lui permet de combler ce défaut... D'ordinaire elle épuise ses adversaires.

— Et dans un double, la vitesse d'exécution n'est pas fondamentale, murmura Kylie.

Elle marqua une pause, soupira et reprit :

— J'espère qu'il y a un court à Wanbanalong, car je n'ai pas joué depuis des semaines et je crains de manquer de pratique... Si je peux m'entraîner avant dimanche, nous leur donnerons du fil à retordre.

— Ce n'est pas un problème, répondit promptement Adrian. Venez l'après-midi à Elouera Springs et nous ferons quelques balles. Nous pourrons ainsi nous habituer à nos jeux respectifs.

— Excellente idée ! approuva-t-elle avec enthousiasme.

Mais, hélas, ses obligations lui revinrent en mémoire, et elle regarda les deux hommes qui marchaient devant eux.

— Il y a un problème, reprit-elle. Je suis supposée servir de chauffeur à Robert et je ne sais pas si je pourrai me libérer.

Confiant, Adrian haussa les épaules.

— Il suffit de le lui demander.

Elle n'avait pas l'intention de s'adresser à Robert, mais à Grant.

— En effet, quel jour suggérez-vous ?

— Peu m'importe... Jeudi ou vendredi ?

— D'accord, je vais voir... Auparavant, vous devrez m'expliquer où se trouve Elouera Springs.

Avant qu'il puisse lui donner satisfaction, la voix de Robert, qui s'était arrêté pour les attendre, retentit.

— Je ne voudrais pas te déranger, Adrian, mais je te rappelle que nous sommes ici pour travailler... Quant à vous, ma douce, essayez de ne pas trop nous gêner dans nos activités.

Adrian adressa un sourire désolé à la jeune femme et s'empressa de rejoindre Grant, près de l'enclos qu'il inspectait.

— Fort bien, dit Robert. Tenez-vous le pour dit !

Décidément, il ne cesserait pas d'être odieux !

— Allez en enfer ! maugréa Kylie renfrognée.

Avant de s'éloigner, Robert se tourna un instant vers elle et lança :

— Lorsque vous êtes là, tous les hommes sont en enfer !

Dès qu'il eut tourné le dos, Kylie grimaça. Ainsi, sa présence le dérangeait. Fort bien ! Elle-même n'appréciait guère sa compagnie... De plus, il était seul fautif !

— Bonjour Kylie. Où est Robert ?

La puissante voix de basse de Victor la tira de ses pensées. Près de lui se tenait Séléna.

— Oh... Bonjour, répondit distraitement Kylie. Il était là, il y a un instant.

Elle désigna les enclos que les trois hommes avaient inspectés.

— Je ne le vois pas, dit-il en regardant par-dessus les têtes des gens. Ce n'est pas grave ; en nous promenant, nous le rencontrerons. Vous nous accompagnez ?

— Je ne crois pas que Kylie en ait envie, coupa Séléna avec un sourire condescendant. Elle ne connaît rien aux moutons, et Robert n'a pas besoin d'elle... En outre, elle trouve sûrement cela très ennuyeux.

C'était exactement le genre de réflexion capable de stimuler l'intérêt de Kylie. Elle secoua résolument la tête :

— Vous vous trompez, je trouve cela passionnant. Bien sûr, je ne suis pas experte en matière de laine, mais... tout s'apprend, n'est-ce pas ?

— Vous avez raison, acquiesça Victor en souriant. Allons, mettons-nous en route.

A présent, il y avait foule près des enclos et ils durent se frayer un chemin pour rejoindre Robert et Adrian qui se concertaient.

Le nombre d'acheteurs augmentait à chaque instant. Séléna s'efforça de venir prendre place près de Robert, malheureusement, un mouvement de foule poussa Kylie près du jeune homme. Elle voulut s'éloigner aussitôt pour s'approcher de Grant... En vain. Une main lui saisit le bras, et Robert se tourna vivement vers elle.

— Ne bougez pas, tigresse, dit-il contre ses cheveux. Je préfère savoir où vous êtes. Et cessez de prendre cet air maussade...

Elle ouvrit de grands yeux faussement naïfs.

— Je croyais que vous m'aimiez ainsi...

— Non. Vous aviez l'air irritée et boudeuse. A présent, vous êtes à la limite de la provocation... Je vous conseille toutefois de sourire si vous ne voulez pas que je vous embrasse de nouveau.

Stupéfaite, Kylie écarquilla les yeux encore plus. Bien qu'il présentât ce baiser comme une menace, elle ne parvenait pas à trouver cette perspective effrayante... bien au contraire. Elle frissonna et jeta un coup d'œil autour d'elle. Les acheteurs se pressaient près des enclos.

— Vous n'oseriez pas... Pas ici !

Robert haussa un sourcil moqueur.

— C'est un défi ?

— Oh non ! s'écria-t-elle. Regardez, je ne boude plus.

Et, pour mieux le lui prouver, elle lui adressa un lumineux sourire, à la limite de l'insolence.

— Parfait... Je m'en souviendrai.

— Vous souvenir de quoi ? risqua-t-elle, déconcertée.

— Ceci : la menace d'être embrassée vous rend extrêmement docile.

Kylie poussa un petit cri d'indignation et voulut répliquer. Malheureusement, à cet instant, l'homme qui procédait à la vente commença à fixer le montant des premières enchères, et Robert se désintéressa d'elle. Elle réprima sa colère en se promettant de se venger lorsque l'occasion se présenterait.

La vente débuta, les prix montèrent, sans que Kylie parvienne à discerner qui faisait une offre. Quelques instants plus tard, l'affaire était conclue et le vendeur écrivit une phrase sur son carnet avant de s'écrier :

— Vendu à Robert Brandon, d'Elouera Springs, pour la somme de…

Kylie ne comprit pas la fin, tellement elle était étonnée. Elle se tourna vers Robert et désigna le lot de moutons.

— Avez-vous acheté cela ?

— Oui, pourquoi ?

— Mais… Je ne savais même pas que vous étiez entré en lice. Vous n'avez pas fait le moindre geste !

Il prit un air amusé.

— Vous avez mal regardé, ou bien pas assez attentivement.

— C'est possible. Lorsqu'on n'est pas averti, il est difficile de comprendre. Vous auriez pu m'initier à la règle du jeu.

Alors qu'elle s'attendait à une réplique sarcastique, elle fut surprise d'entendre Robert expliquer patiemment les lois de la vente aux enchères. Pour la première fois, ils discutaient paisiblement, et elle l'écouta, ravie.

Une heure plus tard, elle distinguait aisément les gestes les plus anodins grâce auxquels les acheteurs demandaient au vendeur de hausser les enchères.

Par la suite, Robert se porta acquéreur d'un lot de brebis et laissa un autre éleveur remporter le groupe de bêtes suivant.

— Eh bien, cela me suffit, pour l'instant, dit-il finalement dans un soupir. Et vous, Victor ?

— Non. Pour ma part, je continue, répondit le vieil homme. Si vous allez boire un verre, je vous rejoins dans quelques minutes.

Robert acquiesça, puis s'éloigna, Kylie à ses côtés.

— Pourquoi n'avez-vous pas acheté les autres moutons ? demanda-t-elle.

— Le prix demandé était excessif. Certains éleveurs pensent faire des affaires, lors des dispersions de troupeaux, quelles que soient les sommes proposées… Si l'on n'y prend garde, on perd de l'argent.

— Je ne comprends pas pourquoi vous achetez. N'êtes-vous pas éleveur vous-même ?

Robert éclata de rire.

— Seule la laine m'intéresse, je ne m'occupe pas de reproduction.

Il s'interrompit un instant et se tourna vers Grant qui venait de les rejoindre.

— Ne lui as-tu jamais parlé de ce que tu as fait pendant ces quarante dernières années ?

Grant haussa les épaules.

— Je n'ai pas cessé d'en parler, mais je n'ai certainement pas été suffisamment intéressant.

Adrian marchait près d'eux et il vint à la rescousse de Kylie.

— Il est facile de parler de ces choses quand on est né dans la région... Ne faites pas attention à leurs remarques, Kylie.

Elle lui adressa un regard étonné.

— Vous n'êtes pas un enfant du pays ?

— Oh, non ! s'écria-t-il. Je suis originaire de Melbourne. Je suis venu chercher du travail ici lorsque j'ai eu dix-neuf ans.

— Et il ne savait toujours pas monter correctement à cheval cinq ans plus tard, plaisanta Grant.

Adrian eut un sourire joyeux.

— Ne m'en parle pas ! dit-il.

— Mais je suis certaine que vous êtes devenu un excellent cavalier, à présent, intervint Kylie.

Elle-même n'avait jamais eu l'occasion de monter. Mais elle était persuadée que c'était plus difficile qu'il n'y paraissait et tenait à prendre la défense du jeune homme.

— Vous n'auriez pas dû dire cela, répondit celui-ci en jetant un regard confus à son employeur. Je connais des gens qui ne sont pas de votre avis.

Robert ne prononça pas un mot. Il se contenta de se

retourner pour regarder Adrian, les sourcils froncés. Kylie ne comprenait rien.

— Que voulez-vous dire ? demanda-t-elle.

Adrian baissa la tête et s'éclaircit la voix.

— Oh, simplement... C'est-à-dire, je suis responsable de l'état de Robert... Alors que nous galopions, j'ai laissé ma monture lui couper la route, et c'est pour cela que son cheval est tombé... sur lui.

— Tu ne me l'avais pas dit, protesta Grant avec un coup d'œil de reproche à son neveu.

Robert fit la moue.

— Cela n'aurait rien changé.

— Bien sûr, mais il est toujours intéressant de savoir comment les choses se sont passées.

A cet instant, Séléna les rejoignit. Victor la suivait à distance, et Kylie la soupçonna d'avoir hâté le pas pour surprendre leur conversation. D'ailleurs la jeune femme le lui prouva aussitôt.

— De quoi parliez-vous ? s'enquit-elle.

— De choses et d'autres, répondit négligemment Robert. Venez-vous boire un verre avec nous ?

— Bien sûr, affirma-t-elle en se plaçant ostensiblement à ses côtés. Il fait si chaud... Vous n'avez plus l'intention d'acheter, aujourd'hui ?

— Non. Grant se chargera d'acquérir le dernier lot de brebis qui m'intéresse.

Elle le dévisagea, surprise.

— Pourquoi ? Vous partez ?

— En effet. J'aimerais que Kylie me conduise en ville immédiatement après le déjeuner...

Il adressa un signe de tête complice à son oncle.

— Si tu n'y vois pas d'inconvénient, bien sûr...

Comprenant parfaitement l'allusion de son neveu, Grant fit une petite grimace, mais accepta d'assez bonne grâce.

— Cela ne me dérange pas. Adrian me déposera en rentrant chez lui.

Alors, Robert se tourna lentement vers Kylie et lança :

— Cette promenade en ville est-elle de votre goût, tigresse ?

C'était la première fois qu'il utilisait ce surnom en public. Kylie ne put s'empêcher de rougir, tout en acceptant d'un signe de tête. Elle ne lui demanda pas pourquoi il avait modifié ses projets, mais la perspective de passer tout l'après-midi avec lui la troublait énormément. D'autant plus qu'elle s'aperçut instantanément qu'elle souhaitait, au fond d'elle, se trouver seule en sa compagnie. Pourtant, son instinct de conservation lui dictait de se tenir loin de lui... Certes, il avait renoncé à se montrer désagréable envers elle — grâce à Grant, certainement — mais cela ne signifiait pas pour autant qu'il avait changé d'avis à son sujet.

5

Comme l'avait décidé Robert, ils partirent dès qu'ils eurent fini de déjeuner. Après avoir quitté la piste qui menait à la propriété de Burbridge, ils s'engagèrent sur la route goudronnée, et Kylie put accélérer sans craindre les regards désapprobateurs de son passager. Le matin même, il n'avait pas hésité à critiquer ses qualités de conductrice quand, à deux reprises, elle n'avait pu éviter un nid-de-poule.

— A quelle distance de la ville sommes-nous ? demanda-t-elle.

— Une cinquantaine de kilomètres.

— C'est-à-dire à soixante-dix ou quatre-vingts de votre propriété, n'est-ce pas ?

— Qu'entendez-vous par : « chez moi » ? Elouera Springs ?

— Non. Je veux parler de Wanbanalong.

— Dans ce cas, votre estimation doit être exacte, répondit-il avec indifférence.

En abordant ce sujet, Kylie se souvint d'une question qui l'avait intriguée dès son arrivée.

— Pourquoi n'êtes-vous pas allé chez vous après votre accident, Robert ? Vous préférez Wanbanalong ?

Il haussa négligemment l'épaule gauche.

— Non, c'était plus simple, voilà tout. Adrian peut

s'occuper d'Elouera Springs, mais il n'y avait personne à Wanbanalong.

Il marqua une courte pause et ajouta, moqueur :

— Vous auriez préféré que je reste chez moi ?

— Bien sûr que non ! protesta-t-elle vivement.

Véritablement, elle n'avait pas pensé à cela.

— Je me posais simplement la question... Ou peut-être était-ce une remarque dictée par un sentiment de culpabilité ? reprit-elle doucement.

— A quel sujet ?

— Oh, rien... Oubliez cela, pria-t-elle, regrettant déjà ses paroles.

Puis elle s'efforça de détourner son attention en désignant le bord de la route.

— Je vois ces fleurs rouges partout. Quel est leur nom ?

Il se passa la main dans les cheveux et soupira.

— Du houblon, indiqua-t-il simplement.

Kylie fut soulagée. Il n'avait pas l'intention de rompre la trêve.

— Et... les blanches, si petites ? continua-t-elle afin de lui faire oublier totalement la précédente discussion.

— Ce sont des fleurs d'oignon...

A chaque fois qu'elle apercevait une plante de couleur ou de forme différente, elle l'interrogeait, et il répondait de la même façon laconique. Pourtant, ce n'était pas un sujet inépuisable, et Kylie fut bientôt à court d'idées.

Un silence pesant s'installait dans la voiture, quand, soudain, un mouvement furtif, sur sa droite, attira son regard.

— Oh ! Regardez ! s'écria-t-elle. Des kangourous !

Robert ne daigna pas jeter un coup d'œil.

— Voilà une découverte originale : des kangourous, en Australie... Vous n'en aviez jamais vu ?

— Si, mais je ne m'y habitue pas. Je ne suis pas encore blasée.

La route était large et dégagée. Ils approchèrent bientôt des collines ensoleillées de Barrier Ranges. Ils étaient à présent à quelques kilomètres seulement de la ville.

— A quelle heure est votre rendez-vous ? demanda-t-elle.

— A seize heures.

Elle laissa passer un moment avant de reprendre :

— Et… qu'avez-vous l'intention de faire en attendant ?

Robert se tourna vers elle.

— La réponse vous appartient. Vous voulez visiter la ville, n'est-ce pas ?

Elle tressaillit.

Jamais elle ne l'aurait cru capable de cette attention.

— Vous voulez dire que vous êtes parti de la vente pour cette unique raison ?

— Sans doute.

L'inflexion de sa voix prouvait qu'il était aussi étonné qu'elle de sa propre gentillesse. Kylie lui adressa un sourire sincère.

— Merci…

Soudain, son enthousiasme s'envola.

— Mais… mais qu'allez-vous faire pendant ce temps ? demanda-t-elle brusquement.

En la dévisageant il répondit calmement :

— J'avais l'intention de vous accompagner, tigresse. A moins que vous n'y voyiez un inconvénient…

Kylie se sentit envahie par une sensation étrange, plaisante et surprenante à la fois.

— Oh non, bien sûr, protesta-t-elle en rougissant. Je préfère que vous restiez avec moi… Enfin, je veux dire qu'il est toujours intéressant d'avoir près de soi quelqu'un qui puisse commenter la visite.

— C'est exact. Toutefois, ne vous inquiétez pas, j'ai compris : je sais que ce n'est pas ma compagnie que vous apprécierez dans ce cas.

Kylie fut heureuse qu'il ne soit pas conscient de ses véritables sentiments. Il ne devait pas s'apercevoir de son trouble. Toutefois, elle ne voulait pas non plus paraître ingrate. Comment parvenir à s'exprimer sans trahir son émoi ?

— Je ne m'inquiète pas, commença-t-elle d'un ton presque indifférent, sans pourtant oser le regarder. Et je suis sûre d'apprécier votre compagnie si...

— Tant mieux, coupa-t-il en riant.

— Si vous cessez d'être aussi exaspérant ! conclut-elle, un peu trop vite.

Robert paraissait beaucoup s'amuser.

— Vous aimez le calme et la retenue, n'est-ce pas, tigresse ?

— Oui !

Pourtant, au fond d'elle-même, elle devait avouer que Robert, malgré son agressivité, la fascinait, la séduisait, sans qu'elle puisse contrôler ces sentiments.

— Et cessez de me donner ce surnom ridicule ! C'est agaçant à la fin !

— Oh, pourtant, il vous va si bien !

— C'est votre opinion, pas la mienne.

Il poussa un profond soupir.

— Je suis désolé de vous décevoir, dit-il, mais vous allez être obligée de l'accepter, car cette opinion-là, je n'ai pas l'intention d'en changer !

— Mais l'autre, oui ?

— Nous verrons bien, dit-il lentement.

C'était une demi-victoire. Kylie n'obtiendrait pas mieux pour l'instant. Cependant, c'était une nette amélioration par rapport à son attitude de la veille. Qu'avait bien pu lui dire Grant ? Elle l'ignorait, mais elle garderait au vieil homme une reconnaissance éternelle !

Bientôt, ils s'engagèrent sur la route des collines et passèrent près d'une vieille construction de pierre : le

Mount Gipps Hôtel, bâti par les premiers prospecteurs. Ce bâtiment annonçait la ville toute proche.

Ensuite, ils longèrent une clôture qui protégeait la station de radio de la Compagnie Royale des Docteurs Volants, un bâtiment sans prétention que Kylie n'aurait pas remarqué si Robert ne le lui avait désigné. Elle ralentit aussitôt.

— Autorisent-ils les visites ? demanda-t-elle.

— Oui, mais je crains qu'il ne soit trop tôt. Ils n'ouvrent les portes aux personnes étrangères au service qu'à seize heures.

Kylie parut déçue et accéléra.

— C'est dommage... Je devrai me contenter de l'Ecole de l'Air.

Visiblement, Robert voulait s'empêcher de rire. Mais au bout d'un moment il n'y tint plus et déclara :

— Je suis désolé, mais nous arriverons trop tard, les visites ne sont permises que le matin.

Désappointée, Kylie se tourna vers lui.

— Alors je ne verrai ni l'un ni l'autre ?

— Je le crains... Mais vous pourrez les entendre.

Elle fronça les sourcils.

— Je ne comprends pas.

— Nous possédons un poste émetteur-récepteur à Wanbanalong.

Elle parut retrouver son enthousiasme.

— Pourrai-je m'en servir ?

— Sans doute, répondit-il avec un petit sourire indulgent.

Lorsqu'il la regardait ainsi, il était tellement séduisant que le cœur de Kylie se mit à battre la chamade.

— Vous pourrez aussi correspondre, si vous le désirez, ajouta-t-il.

Kylie allait répondre, mais ils arrivaient au sommet d'une colline et elle aperçut soudain la ville qui s'étendait en contrebas. Etrangement, les puits de mines se trouvaient au centre de la cité, et les maisons avaient été bâties autour, sans véritable organisation. Phénomène compréhensible, car aucune limite naturelle n'empêchait leur développement. Par endroits, on distinguait de petites réserves d'arbres — des eucalyptus, pour la plupart. Les rues très larges, bordées d'arbres elles aussi, étaient désertes, comme toutes celles des villes de l'arrière-pays.

Plus tard, lorsqu'ils roulèrent entre les bâtiments, Kylie ne put s'empêcher de penser qu'il manquait quelque chose dans cette ville. Mais elle ne parvint à formuler son interrogation que lorsqu'ils se garèrent devant l'Hôtel de Ville, où se trouvait le célèbre monument dont ils avaient parlé la veille.

— Je n'ai vu aucun caniveau, ni le moindre système de drainage. Sur la Gold Coast, toutes les villes en sont dotées. Il n'y en a pas ici ?

— Cela aurait été une dépense inutile, répondit Robert en souriant. Nous avons un coefficient pluviométrique de vingt-trois centimètres par an, pour une évaporation de trois mètres. Vous voyez, nous n'avons pas besoin de cet équipement.

Kylie hocha lentement la tête.

— S'il pleut si rarement, comment la ville est-elle approvisionnée en eau ?

— Aujourd'hui, ces problèmes sont réglés. Il y a un système de pompage aux lacs de Menindee, sur la Darling River, à une centaine de kilomètres au sud-est.

Il marqua une courte pause et reprit gravement :

— Autrefois, les épidémies étaient fréquentes lorsque le réservoir de Stephens Creek s'épuisait. Le litre d'eau valait une fortune.

— Je me demande comment on peut parler du « bon vieux temps », dit Kylie en grimaçant.

— Personne ne regrette les jours anciens, ici.

— Pourtant, ils aiment se rappeler la raison pour laquelle ils sont venus dans cette région, insista-t-elle en désignant un panneau portant le nom d'une rue.

Robert secoua la tête.

— Vous vous trompez, si l'artère principale s'appelle « Argent », ils ont donné aux autres rues les noms des richesses qu'ils trouvèrent dans le sous-sol : Chloride, Cristal, Cobalt, Beryl, Mercure, Graphite, etc. La liste est longue.

— C'est différent, en effet, dit-elle, alors qu'ils entraient dans l'Hôtel de Ville. Ont-ils trouvé de l'or ?

— Ici, non. Mais, plus au nord, à Depot Glen et Mount Poole Station, ils découvrirent un petit filon qui annonçait des plus gros gisements.

— Ce dut être un véritable rêve pour les prospecteurs, n'est-ce pas ? dit-elle une lueur admirative dans les yeux.

— En effet... Pour ceux qui avaient pu supporter la chaleur harrassante, l'aridité de la terre, en tout cas.

Tout en conversant, ils avaient gravi les marches qui menaient à « l'Arbre d'Argent », et ils s'immobilisèrent devant le monument protégé par une vitre épaisse.

Il était bien tel que Robert et ses amis l'avaient décrit : fantastique. L'imposante masse d'argent était artistiquement façonnée, il ne manquait pas le moindre détail. Outre les personnages qu'elle s'attendait à voir, Kylie découvrit que chaque feuille de l'arbre avait été soigneusement ciselée. Kylie fut très impressionnée, ce mémorial était véritablement étonnant.

Ils redescendirent l'escalier. La jeune fille ne cessait de poser des questions à son compagnon.

— Si ma mémoire est bonne, ce n'est pas à Broken Hill que l'argent fut d'abord découvert ?

Avant de répondre, Robert la dévisagea, gentiment moqueur.

— Vous avez l'intention de m'interviewer tout l'après-midi ?

Kylie soutint son regard.

— Je vous ai prévenu : j'aime disposer des services

d'un guide lorsque je visite... Mais, peut-être ignorez-vous, la réponse ?

— Que ferez-vous si je refuse ce rôle ? demanda-t-il.

Kylie haussa les épaules et répliqua avec assurance :

— La question ne se pose pas, puisque vous allez me renseigner.

Robert s'arrêta un instant, parut réfléchir, puis il se remit en route.

— Vous avez gagné, j'accepte, murmura-t-il.

Kylie lui emboîta le pas en s'efforçant de chasser les pensées qui la troublaient. Elle devait se rendre à l'évidence : si, durant cette courte pause, il l'avait prise contre lui et l'avait embrassée, elle n'aurait pas lutté pour se dégager de son étreinte, bien au contraire... En fait, l'espace d'un instant, elle l'avait espéré. Elle ne pouvait s'empêcher de s'imaginer que s'il avait si rapidement reprit son chemin, c'était parce qu'il avait deviné ce qui se passait en elle.

Elle allongea le pas pour le rattraper et insista avec un sourire :

— Alors, où le minerai a-t-il été découvert ?

— A Thackaringa. La mine du Pionnier.

Sa réponse avait été nette, précise, directe et guère encourageante. Mais elle insista, malgré tout.

— Et ensuite ?

Ils arrivaient à la sortie, et il s'effaça devant elle.

— Umberumberka, je crois...

Kylie éclata de rire.

— Comment avez-vous dit ?

Il sourit à son tour, parut se détendre... au grand soulagement de Kylie.

— Umberumberka, répéta-t-il en détachant chaque syllabe.

— Merci beaucoup...

Elle s'inclina et ajouta :

— Ensuite ?

Cette fois, il ne montra aucun signe d'impatience en répondant :

— Oh, Purnamoota, Apollyon Valley, Silverton... Après la première ruée, on en découvrit de nombreuses autres. On y trouva des minerais qui, jusqu'alors, demeuraient inconnus. Non seulement des filons d'argent à l'état natif, mais aussi des chlorures, des bromures, des iodures d'argent, qui pouvaient contenir deux mille onces par tonne.

— Et ils ne comprenaient toujours pas quelle immense richesse se trouvait sous leurs pieds ! s'écria Kylie.

— En effet. Ils continuaient à mépriser la pierre noire qu'ils mettaient au jour sur la « colline des déchets ».

Il marqua un temps d'arrêt et ajouta en souriant :

— Le phénomène le plus étrange reste Silverton. Autrefois, on y découvrit le plus important filon et aujourd'hui, c'est une ville fantôme qui ne retrouve un semblant de vie que lorsque les touristes s'y rendent pour visiter l'ancienne prison, transformée en musée.

Kylie fronça les sourcils et lui adressa un regard étonné.

— Vous avez dit : « ville fantôme » ?

— En effet... Vous aimeriez la visiter ?

Le visage de la jeune femme s'illumina.

— Si c'est possible... Est-ce loin d'ici ?

Elle était soudain bouleversée. Non pas d'enthousiasme, mais parce que le sourire de Robert la faisait frémir.

— Guère plus de vingt kilomètres.

— Alors, nous pouvons y aller ?

Lorsqu'il regagnèrent la voiture, Robert lui ouvrit galamment la portière et elle s'assit au volant. Puis il contourna le véhicule et prit place à ses côtés.

— En route ! s'écria-t-il.

Ils quittèrent la ville par une route différente et

gravirent une petite colline. Cette région ne cessait d'étonner Kylie.

— Comme c'est étrange ! dit-elle. Il y a dix minutes nous étions dans une ville, reflet d'une civilisation omniprésente, et maintenant...

Elle désigna la vaste étendue sauvage autour d'eux.

— Nous sommes là, isolés du reste du monde.

— C'est certainement pour cette raison que le gouvernement fit de Broken Hill sa réserve d'or, pendant la Seconde Guerre Mondiale, fit remarquer Robert.

— Au fond des mines, je suppose ?

— Non. Sous le sol de la prison... Personne ne pourrait penser qu'un endroit aussi sinistre puisse cacher un tel trésor...

Pour Kylie, l'après-midi passa trop vite, car Silverton n'était pas la petite cité en ruine qu'elle avait imaginé. Il aurait fallu une longue semaine pour visiter tous les bâtiments et les richesses qu'ils contenaient.

Tout en envisageant d'y revenir bientôt, Kylie jeta un coup d'œil distrait à sa montre et sursauta.

— Mon Dieu ! s'écria-t-elle. Il est déjà quatre heures moins vingt. Nous allons être en retard à votre rendez-vous.

Robert ne parut pas alarmé. D'un geste lent, il remonta sa manche et consulta sa montre.

— Vous voulez dire trois heures moins vingt, n'est-ce pas ? affirma-t-il, visiblement amusé.

— Non, non, je ne me suis pas trompée, insista-t-elle sans comprendre ce qu'il y avait de si drôle.

— Regardez !

Elle tendit son poignet pour qu'il vérifie.

Au lieu de se montrer convaincu, il prit la montre de la jeune femme et fit reculer les aiguilles afin qu'elles indiquent l'heure qu'il avait annoncée. Ebahie, Kylie ne protesta pas.

— Votre vie sera simplifiée si cette montre vous

84

donne l'heure exacte, ironisa-t-il. Vous n'avez pas tenu compte du décalage horaire.

Elle éclata d'un rire franc.

— Quelle étourdie ! Grant me l'avait dit, mais j'ai oublié... Voilà pourquoi je trouvais que vous dîniez fort tard.

— Vous deviez mourir de faim... De toute façon, je suis désolé de briser votre enthousiasme, mais vous aviez raison, tigresse. Il vaut mieux reprendre la route maintenant.

— Bien sûr, dit-elle en se dirigeant vers la voiture. Pourtant, je reviendrai avant de repartir en voyage avec Grant et j'emporterai mon appareil photo. J'aimerais avoir un souvenir des lieux.

Elle se tourna vers Robert. Il ne paraissait pas l'avoir entendue. Le regard perdu sur l'horizon, sans prononcer un mot, il avançait vers le véhicule. Kylie n'osa pas l'interroger sur cette froideur subite.

Heureusement, il ne conserva pas cette attitude et, quand ils furent assis l'un près de l'autre, il semblait de nouveau gai.

Il n'y avait pas trop de circulation, et ils arrivèrent bientôt à destination.

Kylie voulut garer la voiture sur le parking de l'hôpital, mais il l'en empêcha.

— C'est inutile, dit-il. Vous vous ennuieriez en m'attendant. Profitez-en pour visiter la ville. Cela vous fait tellement envie...

— Comment saurai-je que votre consultation est terminée ?

— Oh... Revenez dans trois quarts d'heure. Ce ne sera guère plus long.

— Vous en êtes certain ? demanda-t-elle, inquiète, en immobilisant le véhicule devant l'entrée de l'hôpital.

— Absolument, répondit-il avec assurance en descendant de voiture.

Il referma la portière et se pencha à la vitre.

— Nous nous retrouverons ici, d'accord ?

— Parfait...

Il tourna les talons et s'éloigna, Kylie ne put s'empêcher d'ajouter :

— Je... j'espère que tout ira bien.

Robert s'arrêta, se retourna et la remercia d'un geste. Son sourire bouleversa la jeune fille encore une fois. Elle ne pouvait se résoudre à le quitter des yeux.

Lorsque la porte de l'hôpital se referma sur lui, Kylie se ressaisit, poussa un soupir et posa les mains sur le volant. Jamais un simple regard, un banal sourire ne lui avaient produit un tel effet. Elle enclencha une vitesse et démarra.

Heureusement, elle disposait d'un peu de temps pour reprendre ses esprits. Le neveu de Grant pouvait être dangereusement séduisant, quand il le voulait... Bien qu'elle conservât la désagréable impression qu'il savait lire dans son cœur et comprendre ses sentiments.

En descendant Argent-Street, elle constata qu'elle était incapable de cesser de penser à lui. Elle regardait les vitrines des magasins, observait les promeneurs et l'architecture, mais elle devait se rendre à l'évidence : par trois fois déjà elle avait consulté sa montre. Elle attendait une seule chose : qu'il soit l'heure de le rejoindre.

Elle s'efforça de flâner encore, et bientôt elle n'y tint plus. Robert était peut-être sorti... Elle retourna à l'hôpital.

Elle se gara devant l'entrée et attendit patiemment. A seize heures quarante cinq, elle guetta sa sortie.

A dix-sept heures quinze il n'était toujours pas réapparu et elle commença à s'inquiéter. Pourquoi était-il retenu ? Ses fractures se consolidaient-elles mal ?

Des pensées sinistres se bousculaient dans sa tête. Craignait-il déjà ces complications ? Etait-ce la raison de son changement de comportement, un peu plus tôt, à Silverton, avant de reprendre la route ? Avait-il peur d'apprendre de mauvaises nouvelles au cours de ce rendez-vous ? Bien sûr, le médecin avait pu, tout simplement, être retardé... Pourtant, le temps passait !

Elle attendit encore dix minutes, qui lui semblèrent des heures, et elle eut soudain la certitude que l'état de santé de Robert avait empiré. Elle se rappelait les paroles de Grant : « ... Opérer de nouveau... » et l'angoisse l'envahissait.

Bientôt, elle ne put supporter l'attente. Elle descendit de voiture et entra dans l'hôpital, décidée à obtenir des nouvelles de Robert. Elle se rendit aussitôt à l'accueil et interrogea l'hôtesse. Celle-ci lui apprit que Robert n'avait pas attendu avant d'entrer en consultation, et que le médecin l'examinait encore. Cette information ne rassura pas Kylie, bien au contraire.

L'hôtesse lui demanda si elle voulait que M. Brandon soit informé de sa présence ; elle refusa gentiment.

— Non, merci. Je vais attendre.

Elle savait que Robert n'apprécierait pas d'être dérangé pendant la visite. L'hôtesse lui adressa un sourire professionnel et retourna à ses occupations. Kylie estima inutile de lui demander des précisions sur l'état de santé de Robert... Elle s'absorba dans la lecture d'un magazine. Par deux fois, elle voulut interpeller une infirmière qui passait devant la salle d'attente, mais elle se retint.

A plusieurs reprises elle consulta sa montre. Finalement, elle reposa la revue qu'elle feuilletait. Chaque fois qu'une porte s'ouvrait, au fond du couloir, elle sursautait et tendait le cou pour tenter d'apercevoir la personne qui sortait des salles de soins. Elle finit par s'enfoncer dans son siège, croisant et décroisant nerveusement les jambes, mordillant l'ongle de son pouce.

La réceptionniste lui jeta des coups d'œil inquisiteurs, et Kylie s'efforça de masquer son inquiétude. En vain... Elle sursautait au moindre bruit.

Bien sûr, ce fut au moment où elle s'y attendait le moins que Robert apparut dans le couloir en compagnie d'un jeune médecin. Kylie se leva vivement et regarda les deux hommes se serrer chaleureusement la main avant de se séparer. Puis Robert se dirigea vers elle d'un pas alerte.

— Tout va bien? demanda-t-il en fronçant les sourcils, dès qu'il l'eut rejointe.

Kylie écarquilla les yeux et se raidit.

— Comment? Mais c'est à vous qu'il faut poser cette question! s'écria-t-elle.

Elle l'observa des pieds à la tête pour tenter de surprendre un changement dans le bandage ou le plâtre.

Robert mit le bras gauche autour de ses épaules et l'entraîna vers la sortie.

— Nous en parlerons plus tard. Auparavant, je voudrais savoir pourquoi Derek a été interrompu par un coup de téléphone l'informant de la présence d'une femme agitée et angoissée, qui voulait absolument obtenir des nouvelles de ma santé.

Ainsi, cette damnée hôtesse avait osé téléphoner! Kylie savait que Robert désapprouverait une telle initiative.

— Je suis désolée qu'elle vous ait dérangée, répondit-elle, gênée. Je lui avais dit que j'attendrais.

— Vous ne nous avez pas dérangés, rectifia Robert. Mais je veux que vous me disiez pourquoi vous paraissiez si nerveuse? Vous n'avez pas écrasé la voiture contre un eucalyptus, j'espère?

Kylie n'était pas d'humeur à plaisanter, et l'inflexion indulgente dans la voix de Robert l'agaça davantage.

— Non! Je n'ai pas cassé la voiture! lança-t-elle en repoussant le bras posé sur ses épaules. Je m'inquiétais! C'est normal, non?

Elle allongea le pas et sortit de l'hôpital. D'un revers

de manche, elle sécha rapidement les larmes qui lui brouillaient la vue et reprit brutalement :

— Vous deviez me rejoindre à seize heures quarante-cinq... Vous avez plus d'une heure de retard !

— Mais, vous saviez où j'étais... rétorqua-t-il incrédule.

— Cela ne me rassurait pas. Pourquoi êtes-vous resté si longtemps ? J'ai pensé... Enfin, je me souvenais de...

Elle s'interrompit, s'immobilisa et reprit finalement, en se tournant vers lui :

— Il n'y a pas de problème ?

Il se contenta de hocher la tête et passa la main dans ses cheveux. Il paraissait réellement désolé, tout à coup.

— Pardonnez-moi, je vous en prie... Je ne pensais pas que vous vous inquiéteriez, bien au contraire. J'avais le pressentiment que vous seriez en retard... Trois quarts d'heure, c'est bien peu pour visiter la ville.

— Eh bien, vous vous trompiez... ! D'ailleurs, j'étais en avance.

— Oh ? Pourquoi ?

Kylie n'avait pas l'intention de lui apprendre ses véritables motivations. Ils atteignaient la voiture et elle lança, avant d'ouvrir la portière :

— Parce que je pensais que vous risquiez de sortir plus tôt, et je ne voulais pas que vous attendiez !

Le ton manquait de conviction.

— Pourquoi ne m'avez-vous pas fait savoir que vous étiez revenue ? demanda-t-il en s'installant sur le siège du passager.

— Je ne voulais pas vous déranger.

— Pour quelle raison ? insista-t-il.

Elle se raidit, et ses doigts se crispèrent sur le volant.

— Parce que je pensais que cela vous agacerait...

Un sourire malicieux se dessina sur les lèvres de Robert.

— Jusqu'à ce soir, j'ai cru que c'était votre principal objectif, plaisanta-t-il.

— Eh bien je n'aurais pas dû changer d'attitude ! rétorqua-t-elle au bord des larmes, choquée par son indifférence. Je vois que mon inquiétude vous amuse !

Robert se tourna vers elle et caressa sa joue, essuyant doucement une larme qui coulait.

— Je ne suis pas amusé, tigresse, mais stupéfait. Je ne croyais pas pouvoir attendre de la sollicitude de votre part.

— Je ne vois pas pourquoi ! coupa-t-elle. Après tout, vous êtes aussi un être humain.

Robert réprima un éclat de rire.

— Je n'en étais pas si sûr. Hier encore, vous laissiez entendre que j'appartenais à une espèce inférieure.

Kylie s'écarta brusquement pour ne plus sentir la main de Robert sur sa joue.

— Vous me provoquez, encore une fois ?

Lorsqu'elle criait, il lui semblait plus facile de nier l'évidente attraction qu'elle éprouvait pour lui.

— J'ai été folle de croire que vous cesseriez !

— Estimez-vous heureuse, répliqua-t-il en se laissant aller contre le dossier de son siège, un sourire moqueur sur les lèvres. Croyez-moi, je me retiens... Je suis bien loin de me montrer aussi « provocant », comme vous dites, que je voudrais l'être !

L'espace d'un instant, Kylie faillit laisser libre cours à sa rage, mais elle s'abstint. La prudence lui dictait de ne pas entrer dans son jeu, et elle se contenta de faire une moue de mépris. Robert lui avait reproché d'aimer le calme et la retenue... C'était cette attitude qu'elle adopterait dorénavant.

6

Lorsque la balle s'écrasa dans le carré de service, impossible à rattraper, Kylie lâcha sa raquette et mit les mains sur ses hanches.

— J'ai toujours pensé que cela devrait être interdit, dit-elle en riant à l'homme qui sautait le filet pour venir la rejoindre.

— Comment cela ? les « as » ? demanda Adrian en souriant à son tour.

— Oui, ceux qui permettent de gagner le match, précisa-t-elle avec une grimace de mécontentement. Ils vous ôtent tout espoir... Pas la moindre chance, c'est frustrant.

— Oh, je regrette, répondit franchement Adrian, mais il n'était pas question de vous ménager, vous jouez trop bien.

— Hum... Vous m'avez battue deux sets à zéro.

— Seulement parce que vous manquez d'entraîne-ment...

Il grimaça à son tour.

— Et vous m'avez donné du fil à retordre !

Kylie ramassa sa raquette et se dirigea vers la maison.

— Cela ne m'a pas empêchée de perdre.

Ils se rendirent sur la véranda où les attendait

Mme Hirst avec un plateau de boissons fraîches et une assiette chargée de sandwiches.

— Vous apprécierez un verre de citronnade avant de partir, n'est-ce pas ? dit-elle à Kylie.

— Merci, madame Hirst, vous êtes très gentille, répondit Kylie en haussant la voix.

Certes, Mme Hirst était un peu dure d'oreille, mais pas complètement sourde, comme l'avait prétendu Séléna.

Durant une longue demi-heure, Kylie discuta paisiblement avec Adrian, mais, bientôt elle s'aperçut que le jour baissait. A regret, elle présenta ses excuses et se prépara à partir.

— Il fera nuit avant que j'atteigne Wanbanalong, dit-elle, et j'ai peur de me perdre, si je reste davantage.

Adrian parut soucieux.

— Voulez-vous que je vous raccompagne ?

— Oh non ! Je plaisante, protesta-t-elle. Grâce aux indications de Grant, j'ai facilement trouvé mon chemin à l'aller ; je suppose que ce sera aussi facile au retour.

Pourtant, après avoir roulé sur la route poussiéreuse pendant une heure, Kylie commença à se poser des questions. A présent, l'obscurité était totale, et elle ne reconnaissait plus les points de repère que lui avait donnés Grant. Bientôt, elle fut certaine d'avoir oublié de bifurquer quelque part. Ses phares puissants éclairaient loin devant la voiture, et elle dut se rendre à l'évidence : elle était perdue.

Elle ne se rappelait pas avoir franchi autant de barrières en venant à Elouera Springs, ni avoir suivi une haute clôture comme celle qu'elle était en train de longer. Non, elle ne pouvait continuer ainsi. Elle freina et fit effectuer un demi-tour au puissant véhicule tout terrain. Puis elle parcourut une partie du trajet en sens inverse. Après avoir franchi une barrière, sans doute s'était-elle engagée dans le mauvais enclos.

Mais à quel endroit ? C'était le problème. Si elle commettait une nouvelle erreur, elle pouvait errer toute la nuit et, finalement, tomber en panne d'essence. Elle n'avait pas cru bon de faire le plein, son réservoir contenait bien assez de carburant pour effectuer les deux trajets. Elle n'avait pu prévoir qu'elle se perdrait, après avoir traversé tous les enclos d'Elouera Springs... Ou bien de Wanbanalong ? Kylie pouffa de rire dans l'obscurité. Sur quelle propriété était-elle ? Elle l'ignorait.

Devant chaque barrière, elle s'arrêtait pour chercher les traces qu'avaient laissées ses propres roues. Elle était si désorientée que, lorsqu'elle en trouva, elle ne sut dans quelle direction les suivre. Devant elle, à faible distance, se dressait un amoncellement de roche de grès, et elle reprit espoir. Elle se souvenait en avoir rencontré un semblable en venant. Elle remonta en voiture et se dirigea dans cette direction.

Elle roula pendant un quart d'heure avant d'être de nouveau obligée de descendre pour ouvrir une barrière. Mais cette fois, elle poussa un cri de soulagement. Cet après-midi, elle avait eu à défaire cette chaîne rouillée, elle s'en souvenait parfaitement ! A présent elle était certaine de suivre la bonne piste, il lui suffisait de rouler lentement pour ne pas perdre les traces.

Finalement, elle distingua, au loin, les lumières de la maison, et elle ressentit une certaine fierté d'avoir retrouvé son chemin sans aide extérieure.

Après avoir immobilisé le véhicule dans le garage, elle se dirigea vers la demeure d'un pas vif...

Et, soudain, la haute silhouette de Robert sortit de l'ombre et se dressa devant elle, sur la véranda. Surprise, Kylie sursauta.

— Bon sang ! Mais qu'avez-vous fait pendant tout ce temps ? s'écria-t-il.

— Je... j'étais à Elouera Springs, balbutia-t-elle. Grant ne vous l'a pas dit ?

Bien qu'elle eût servi de chauffeur à Robert durant les deux derniers jours, c'est encore à Grant qu'elle avait demandé l'autorisation de s'absenter.

Robert ne répondit pas à sa question et poursuivit d'une voix ferme :

— Vous n'avez pas cru bon de nous avertir que vous ne rentreriez pas pour dîner, n'est-ce pas ?

Kylie haussa les épaules en signe d'impatience.

— Vous vous trompez, je ne pensais pas rentrer si tard.

— Vous n'avez pas vu passer le temps en compagnie d'Adrian. Il vous susurrait des mots tendres au clair de lune et...

— C'est faux... ! coupa-t-elle. Malheureusement, il n'en a pas eu le temps. Nous étions trop occupés à jouer au tennis.

— Dans l'obscurité ? Aurait-il installé des projecteurs pendant mon absence ?

Malgré la pénombre, Kylie pouvait distinguer les traits du visage de l'homme, déformés par la colère.

— C'était inutile ! Il faisait encore jour lorsque je suis partie.

— Ne jouez pas la comédie ! dit-il d'une voix grinçante. Je sais exactement le temps qu'il faut pour revenir d'Elouera Springs. Avez-vous oublié que j'y habite ?

— Vous ne savez pas quel chemin j'ai pris...

— Oh ? coupa-t-il en plissant les yeux. Et où êtes-vous allés, tous les deux ?

Kylie soupira.

— Tous les deux ? Vous voulez parler d'Adrian ? Dans ce cas, je ne peux vous renseigner. Je ne sais pas où il est allé... D'ailleurs je suis, moi-même, incapable de dire comment je suis rentrée.

Brusquement, il lui saisit le bras et l'attira en pleine lumière, devant la porte d'entrée.

— Vous avez bu ? demanda-t-il en se penchant vers elle pour la dévisager.

— Oui ! cria-t-elle en essayant de se dégager. Trois grands verres de citronnade !

Elle le regarda droit dans les yeux et ajouta sèchement :

— De toute façon, je n'ai pas de comptes à vous rendre, Robert Brandon. Je suis majeure et je vous ai présenté mes excuses pour mon retard. Je réserve mes explications pour Grant... D'ailleurs, où est-il ? Dans le salon ?

— Certainement pas.

Elle serra les lèvres.

— Que voulez-vous dire ?

— Grant est sorti, répondit-il moqueur. Il rentrera tard.

Kylie fut aussitôt sur ses gardes.

— Il a pris une décision soudaine ?

— Non, pas du tout. Il vous a attendue aussi longtemps que possible, il espérait que sa... « compagne de voyage » aimerait l'accompagner. Mais comme vous ne vous êtes pas préoccupée de rentrer à temps, il est parti sans vous.

De nouveau, elle tenta de se dégager. Robert la tenait fermement.

— Je... je n'ai pas pu faire autrement !

Sans la lâcher, Robert reprit plus calmement :

— D'accord, tigresse... Alors, répondez à mes questions. Où êtes-vous allée ?

— Je n'en sais rien, répondit-elle en haussant les épaules. Je me suis perdue !

Il fronça les sourcils, incrédule.

— Perdue ?

— Exactement ! perdue ! P-E-R-D-U-E ! Comprenez-vous ? Je ne trouvais plus mon chemin.

Robert l'observait attentivement, ne sachant que penser.

— Comment est-ce possible ? Rien n'est plus simple que d'aller de Wanbanalong à Elouera Springs.

— Lorsqu'on y vit depuis toujours... peut-être, rétorqua-t-elle. Mais, la nuit, quand on parcourt cette route pour la première fois, toutes les pistes se ressemblent. Pourquoi ne posez-vous pas de panneaux indicateurs ?

Robert leva les yeux au ciel et ricana.

— Mon Dieu ! Et Grant qui ose vous emmener sur les routes désertiques ! Il ne sait pas à quoi il s'expose.

Il lui adressa un regard glacial et ajouta :

— Peut-être ne sait-il pas que vous êtes incapable de vous repérer sans carte routière.

— J'ai su retrouver mon chemin ! protesta Kylie. En outre, durant le voyage, je me contente de conduire. C'est Grant qui joue le rôle de navigateur.

— Il a raison, sinon vous disparaîtriez à jamais au fin fond du désert.

— Si ce sort m'était réservé, coupa-t-elle, vous seriez satisfait, n'est-ce pas ?

Robert inclina la tête et sourit ironiquement.

— En êtes-vous certaine ?

Pourquoi souriait-il ? Ne voyait-il pas qu'elle perdait ses moyens ?

— Bien sûr... Vous ne cessez de me faire remarquer que ma présence est indésirable.

— Vous préféreriez que je n'en dise rien ?

— Oh, c'est bon ! Moquez-vous de moi ! J'étais persuadée que ma mésaventure vous amuserait.

Robert la foudroya du regard.

— M'amuser ? Vous pensiez que je serais « amusé » ? et bien, vous vous trompez, ma chère. Dérangé, conviendrait mieux, perturbé, aussi, ou bien, agacé ! Surtout quand je ressens le profond désir de...

Il ne termina pas sa phrase et l'enlaça fermement,

96

l'attirant contre lui. Ses lèvres écrasèrent les siennes en un baiser passionné. Surprise, Kylie se plia à la volonté de Robert ; elle lui rendit même son baiser avec une égale ferveur. Jamais un homme n'avait réussi à la bouleverser à ce point. Elle dut lutter farouchement contre son attirance pour, finalement, s'écarter de lui.

— Cessez immédiatement ! s'écria-t-elle d'une voix tremblante.

Le fascinant regard émeraude de Robert plongea dans le sien.

— Pourquoi ? C'est le seul terrain d'entente que nous ayons trouvé.

Kylie ne pouvait honnêtement contester cette affirmation. Pourtant, elle se dégagea prestement et recula d'un pas... Malheureusement, le mur l'empêchait de fuir : elle s'y trouva adossée. Elle se sentit prise au piège... Par Robert, bien sûr, mais aussi par ses propres sentiments incontrôlables. Les battements de son cœur s'accélérèrent, elle avait le souffle court.

— Ce... ce n'est pas une raison pour... pour agir ainsi, murmura-t-elle.

Du bout des doigts, Robert effleura doucement les lèvres de la jeune fille.

— Pourquoi me priverais-je de ce plaisir ?

Kylie n'osa pas soutenir son regard. Elle voulait fuir, mais elle avait l'impression que ses pieds étaient rivés au sol de la véranda.

— Vous... vous vous amusez de moi, insista-t-elle d'une voix suppliante, angoissée.

— Si c'est le cas, je m'amuse aussi de moi, répondit-il en se penchant lentement vers elle.

De nouveau, il l'embrassa. Quand ses lèvres se posèrent sur les siennes, Kylie frémit de tout son être. Elle laissa entendre une faible plainte. Pourquoi n'avait-elle pas trouvé la force de se sauver ? A présent, son esprit basculait... Finalement, malgré elle, ses bras vinrent entourer le cou de Robert.

Jamais ! Jamais auparavant elle n'avait encouragé un homme. Elle ne savait pas quelle force la poussait à se comporter ainsi aujourd'hui... Robert ne s'en plaignait pas. Son bras gauche enlaça la jeune fille plus étroitement.

Kylie caressa les épaules musclées. Robert la couvrait de baisers.

— Mon Dieu, murmura-t-il, je ne pensais pas être « perturbé » à ce point, tigresse.

Il se redressa pour la dévisager.

— Je suis désolé de semer le trouble dans votre vie, répondit-elle en s'efforçant de retrouver son calme. Je vous avais demandé de cesser, souvenez-vous.

— Je ne regrette rien.

— Moi, si !

Comment en aurait-il été autrement, alors qu'elle ne parvenait toujours pas à reprendre ses esprits ?

— Je n'avais pas cette impression, ironisa-t-il.

Kylie ne put s'empêcher de rougir.

— Je... vous m'avez prise au dépourvu, c'est tout !

Le rire sardonique de Robert la fit frémir.

— Vous réagissez toujours avec cette ardeur lorsque vous êtes surprise ?

— Espériez-vous une autre attitude d'une fille comme moi ? répondit-elle avec amertume.

— Non, en effet.

Le sourire moqueur qui se dessina sur les lèvres de Robert ôta à Kylie ses dernières forces. Elle aurait voulu continuer à s'opposer à lui en paroles, mais elle ne trouvait plus ses mots.

— Cessez ce jeu, Robert, dit-elle en secouant la tête. Je ne comprends pas pourquoi vous vous comportez ainsi !

— J'estimais qu'il était temps d'engager l'épreuve de force, répondit-il avec assurance.

Elle laissa entendre un rire désabusé.

— Encore une ?

— La dernière peut-être.

Elle releva la tête, les traits de son visage se durcirent.

— Je comprends... En d'autres termes, vous ne voulez pas attendre que Grant et moi repartions en voyage, vous entendez vous débarrassez de moi immédiatement... Alors vous avez trouvé cette méthode.

— Vous vous trompez...

Sa main se posa sur la nuque de la jeune femme et il l'attira de nouveau vers lui, avant d'ajouter :

— Pensez-vous que je vous aie donné un baiser d'adieu ?

Elle haussa les épaules et répondit, la gorge serrée :

— Je ne sais pas... Peut-être. Vous recherchiez l'épreuve de force, avez-vous dit. Cela implique la victoire pour l'un et la défaite pour l'autre...

— Aussi vous en avez déduit que je voulais vous chasser, n'est-ce pas ?

Kylie soupira.

— C'est la seule explication logique.

Il fit une moue exaspérée.

— Il ne vous est pas venu à l'idée que j'avais envie de faire la paix, au contraire ?

— Etait-ce votre intention ? demanda-t-elle, une note d'espoir dans la voix.

Elle demeurait, malgré tout, sur ses gardes. Cette perspective était plaisante, mais comment pourrait-elle résister au charme de Robert s'il ne faisait plus preuve d'hostilité à son égard ?

— En effet, c'était mon but.

Il avait prononcé ces mots avec difficulté, comme s'il ne parvenait pas lui-même à l'admettre.

— Cela ne semble pas vous plaire, ajouta-t-il.

— Oh non, pas vraiment, répondit-elle trop rapidement.

— Pas vraiment ?

Il avait froncé les sourcils, son regard était dur.

— Pardonnez-moi, dit-elle gênée. Ce n'est pas ce que je voulais dire, je me suis mal exprimée...

— Kylie !

Sa voix était douce... menaçante aussi.

— Je crois que c'est la première fois que vous m'appelez par mon véritable nom, fit-elle remarquer pour détourner son attention.

Robert sourit, dévoilant ses magnifiques dents blanches.

— Je continue de penser que « tigresse » vous convient mieux... Mais vous ne m'avez pas répondu. Pourquoi avez-vous dit : « pas vraiment » ?

Déconcertée, elle dut réfléchir un instant avant de répondre.

— Pensez-vous que notre antagonisme se réglera si facilement ?

— Pourquoi pas ? Faisons un effort et nous verrons... Mais, la prochaine fois, quand vous aurez l'intention de vous rendre chez moi, à Elouera Springs, avertissez-moi.

Kylie rougit et baissa les yeux.

— Je suis désolée...

Elle releva aussitôt la tête :

— Si Adrian ne m'avait pas invitée, je n'y...

— Ah oui, j'oubliais... coupa-t-il. Pour jouer au tennis.

Son intonation alerta Kylie.

— Vous ne semblez pas y croire.

— Non, je suis simplement déçu... par son manque d'imagination.

— Je ne pense pas qu'il... commença-t-elle.

Puis elle comprit le sens des propos de Robert.

— Oh, non ! Il m'a invitée sans arrière-pensée.

Pourquoi donc jugeait-elle indispensable de le détromper, avec tant de vivacité, sur ses propres sentiments et ceux d'Adrian ?...

— Nous devons jouer ensemble, dimanche, reprit-elle. Or je manque d'entraînement. Comme il n'y a pas de terrain à Wanbanalong, il m'a proposé de venir à Elouera Springs, voilà tout.

Elle marqua une pause et conclut, avec un haussement d'épaule :

— D'ailleurs, nous avons pris rendez-vous pour demain... Si vous n'y voyez pas d'inconvénient, bien sûr.

— Si je vous donne mon autorisation, serez-vous capable de retrouver votre chemin pour rentrer ?

Une étincelle de rire contenu dansait dans ses yeux. Kylie s'efforça de conserver son calme et répondit :

— Je partirai plus tôt... Je n'ai eu des difficultés que lorsque la nuit est tombée...

Robert inclina la tête.

— Vous prenez tout cela au sérieux, n'est-ce pas ?

— De quoi parlez-vous ? Du tennis ? En effet, je n'ai pas joué depuis des semaines et je ne voudrais pas faire trop mauvaise figure auprès d'Adrian.

— Ce n'est qu'un jeu pourtant. Ne vous laissez pas impressionner par les propos de Séléna. Détendez-vous.

— Je vais essayer, répondit-elle en souriant.

Elle aurait aimé lui dire la vérité au sujet de sa façon de jouer, mais elle n'osa pas le faire. Elle ne connaissait pas vraiment les relations qui unissaient Robert et Séléna. Comment prendrait-il sa petite plaisanterie ?

— Nous allons nous efforcer de jouer de notre mieux, reprit-elle. Séléna et son partenaire préféreront certainement affronter des adversaires qui se défendent, n'est-ce pas ?

Robert fit la moue.

— Ce sera sûrement l'avis de Brian... Pour Séléna, je n'en suis pas sûr. Trois manches à zéro, voilà son objectif, je peux vous l'assurer.

— C'est normal, concéda-t-elle. Nous nous battrons, malgré tout.

— J'y compte bien ! s'écria-t-il.

Kylie lui adressa un rapide coup d'œil malicieux.

— Vous avez été son partenaire en double mixte, n'est-ce pas ? Vous devez savoir, mieux que quiconque, quels sont ses défauts...

Il hocha la tête.

— En effet.

Comme il ne semblait pas vouloir en dire davantage, Kylie fit une petite grimace. Robert l'examinait attentivement.

— Me suggérez-vous de vous donner des conseils pour battre ma partenaire habituelle ? demanda-t-il.

En vérité, c'était bien son intention. Adrian et elle auraient besoin de ces renseignements pour le match.

— Si c'était le cas... le feriez-vous ? avança-t-elle prudemment.

Il la dévisagea longuement, une lueur énigmatique dans les yeux.

— Peut-être, répondit-il. A condition que vous en ayez vraiment besoin. N'avez-vous pas déjà discuté avec Adrian ?

— Quelque peu, admit-elle. Je sais que Brian possède tous les coups du tennis, que Séléna frappe très fort, bien qu'elle ne soit pas très rapide... Fort peu de choses en fait.

— Et quels sont vos points faibles, à vous et Adrian ?

— Les nôtres ? répéta-t-elle en faisant la moue. Ils sont certainement trop nombreux pour être tous mentionnés. D'abord, nous n'avons jamais joué ensemble, et, pour ma part, je manque vraiment d'entraînement. Aujourd'hui, je crois que j'ai mis plus de balles de service dans le filet que dans le camp de mon adversaire.

Peut-être Séléna lui avait-elle jeté un sort lors du dîner ?

— Et puis je n'avance pas sur les balles, reprit-elle. Mon coup droit est trop lent... Dois-je continuer ?

— Vous n'avez pas parlé des défauts d'Adrian, fit-il remarquer.

— C'est exact... Les miens sont suffisants pour deux, répondit-elle en souriant. Il reconnaît avoir une mauvaise volée de revers, mais il a très bien joué aujourd'hui. Nous éprouvions tous les deux des difficultés à exécuter les smashes. Vous voyez, le bilan n'est pas très positif...

Elle s'interrompit un instant et lui adressa un regard suppliant.

— Nous avons vraiment besoin d'aide.

Robert éclata d'un rire affectueux et indulgent qui la troubla profondément. Pourquoi son cœur battait-il si fort quand il la regardait ainsi ?

— D'accord, dit-il. Je ne suis pas certain de ne pas participer à une entreprise déloyale, mais je vous aiderai... Je dois être un peu fou... Je vais vous donner un défaut concernant chacun d'eux. Pas plus, vous entendez ?

Kylie s'efforça de cacher sa joie et se contenta de hocher gravement la tête.

— Ah ! Si vous pouviez acquiescer toujours aussi silencieusement... ! commença-t-il avec une grimace de soulagement. Mais reprenons notre conversation. Séléna déteste les lobs. Si vous parvenez à leur donner un peu d'effet, elle ne les rattrapera pas.

— Et Brian ? demanda-t-elle vivement de peur qu'il n'oublie de lui en parler.

Robert fronça les sourcils.

— Ne soyez pas si pressée, j'y viens. Je vous conseille d'observer son service. Je ne sais pas s'il en est conscient, mais il sert comme un métronome.

— Que voulez-vous dire ?

— Si vous ne m'interrompiez pas sans arrêt, vous le sauriez déjà...

Kylie prit un air boudeur.

— Pardonnez-moi.

Robert maugréa, poussa un soupir et reprit finalement.

— Brian joue de la façon suivante : deux services sur votre revers, deux services sur votre coup droit ; et cela avec une régularité surprenante. Je crois qu'il s'agit d'un rythme inconscient qu'il a acquis. Il est très puissant, mais si vous prenez garde à ce détail, vous lui renverrez la balle à chaque fois.

Kylie ne parut pas satisfaite.

— Séléna a dû remarquer le défaut de son partenaire.

— Apparemment non, répondit-il négligemment.

— Et vous n'avez pas l'intention de lui en parler ?

Il secoua la tête, un sourire malicieux aux lèvres.

— D'ordinaire, je joue contre Brian et non avec lui.

Kylie éclata de rire.

— Charité bien ordonnée commence toujours par soi-même, n'est-ce pas ?

— Indubitablement.

A cet instant, Abby sortit dans le vestibule.

— J'ai entendu un bruit de voix, dit-elle.

Elle se tourna vers Kylie.

— Vous venez d'arriver ?

— Hum... Oui, répondit-elle en se remémorant les événements qui s'étaient précipités après que Robert fut sorti de l'ombre. Je suis désolée de ne pas avoir pu vous prévenir, pour le dîner...

Elle fit un sourire gêné et ajouta :

— Je me suis perdue en revenant d'Elouera Springs.

— Oh ! Mon Dieu ! Vous avez dû avoir peur ! Heureusement, vous voilà, saine et sauve. Vous n'avez pas mangé, n'est-ce pas ?

Chère Abby... Elle au moins comprenait la gravité de sa mésaventure et se préoccupait des conséquences.

— Mme Hirst m'a fait un sandwich, mais...

Abby la prit par le bras.

— Venez, vous devez mourir de faim.

— Je... je ne veux pas vous déranger.

— Juste ciel ! Quelle idée ?

Abby éclata de rire et l'entraîna dans la cuisine.

— Entrez. Vous allez prendre une tasse de thé pendant que je vous prépare une collation.

Kylie pénétra dans la pièce et se retourna pour voir si Robert les suivait... Il était juste derrière elle.

— Ce n'est pas la première soirée qu'Abby et moi passerons dans la cuisine, dit-il en souriant. Surtout depuis que Sonia est partie.

— Sonia ? demanda Kylie en fronçant les sourcils.

— Ma fille, répondit Abby. Elle vient d'avoir dix-huit ans. Elle travaille en ville et préfère y habiter, plutôt que d'effectuer chaque jour l'aller et retour.

Kylie écarquilla les yeux et dévisagea la jeune femme.

— Vous avez une fille de dix-huit ans ?

Elle ne parvenait pas à l'admettre, Abby paraissait si jeune ! D'ailleurs, elle n'avait jamais imaginé qu'Abby pût être mariée. Elle ne portait pas d'alliance.

— Pourtant, c'est un fait incontestable, dit Robert en offrant une chaise à Kylie avant de s'asseoir. Elle ressemble tellement à sa mère : blonde aux yeux bleus, et têtue comme une mule !

— Ne dites pas cela, Robert Brandon ! Je n'ai jamais eu le dernier mot avec vous... Du moins, pas encore.

Quelqu'un avait-il parfois le dernier mot, avec le jeune homme ? Grant, peut-être. Mais Robert n'était pas du genre à renoncer facilement à un argument !

— Et Sonia a raison de dire toujours ce qu'elle pense, reprit Abby. Si j'avais été aussi énergique à son âge, peut-être n'aurais-je pas commis tant d'erreurs. C'est seulement après que votre oncle nous eut prises chez lui que j'ai commencé à prendre un peu confiance en moi et à ne pas croire aveuglément tout ce qu'on me disait.

— Vous étiez moins autoritaire lorsque vous êtes

arrivée, en effet... coupa Robert avec un large sourire. Pourquoi n'êtes-vous pas restée la même, Abby ? ajouta-t-il, moqueur.

— Tout change ! répliqua-t-elle en entrant gaiement dans son jeu. Regardez, à cette époque, vous n'étiez que le neveu de mon employeur et, aujourd'hui, vous êtes mon patron ! Quelle déchéance !

De toute évidence, Robert et Abby plaisantaient souvent ainsi. En voyant la mimique mélodramatique d'Abby, Kylie ne put s'empêcher de rire.

— Depuis combien de temps travaillez-vous ici ? demanda-t-elle.

— Dix-sept ans et demi, révéla la jeune femme en levant les yeux au ciel. Sonia n'était qu'un bébé lorsque j'ai répondu à l'annonce de Grant. Il cherchait une gouvernante. Pour moi, c'était la dernière chance. Voyez-vous, je...

L'espace d'un instant, elle tourna la tête vers Robert, comme pour lui demander de l'aide, puis elle haussa les épaules et expliqua :

— Après tout, ce n'est un secret pour personne et je préfère que vous l'appreniez de ma bouche : je suis une mère célibataire. Aujourd'hui, c'est une condition facilement admise, mais autrefois, les gens n'étaient guère tolérants.

Elle marqua une pause et poussa un soupir résigné. A présent, elle ne plaisantait plus.

— Comme je vous l'ai dit, Grant fut mon dernier recours. Tant d'emplois m'avaient été refusés à cause du bébé... J'étais désespérée. Mes propres parents m'avaient chassée. Seul Grant s'est montré compréhensif. Il m'a offert cette place parce que j'en avais besoin, alors que des personnes plus qualifiées s'étaient présentées. J'ai une dette envers lui que je ne pourrai jamais lui rembourser... Il a été un père pour Sonia, un merveilleux confident, un conseiller avisé, et un employeur des plus agréables. Il faut me pardonner si je prends inconditionnellement son parti... Pour moi, il agit toujours au mieux, dans toutes les circonstances.

Elle eut un petit sourire comme pour s'excuser de sa véhémence et déclara, pour revenir à une conversation plus détendue :

— Eh bien, que voulez-vous manger ? Un steak, de la viande froide, une omelette ?

— De la viande froide avec deux feuilles de salade, ce sera parfait, répondit Kylie. Merci, Abby.

Les propos de la jeune femme restaient gravés dans son esprit. Quelles épreuves elle avait dû connaître ! Comment ne pas comprendre son dévouement sans bornes pour Grant, alors qu'il l'avait secourue au plus profond de la détresse ?

Abby déposa bientôt sur la table une théière et des tasses. Pendant un court instant, elle fixa Kylie de ses yeux si bleus.

— J'espère ne pas vous avoir choquée, dit-elle. Vous êtes bien silencieuse...

— Non, bien sûr, protesta la jeune fille. Je réfléchissais simplement à l'attitude de Grant. C'est un homme admirable, intelligent et tolérant. Je suis étonnée qu'il ne se soit jamais marié.

— Peut-être a-t-il refusé de se laisser enchaîner, répondit Robert.

— Ou alors il n'a jamais trouvé femme qui lui convienne, contra résolument Abby. Tout le monde n'a pas la même vision négative du mariage, Robert.

Une lueur malicieuse brilla dans son regard lorsqu'elle ajouta :

— D'ailleurs vous avez évité ce piège, jusqu'à présent, mais ne vous estimez pas à l'abri ! Vous pouvez encore y tomber.

Robert éclata de rire en secouant la tête, puis répliqua :

— Seriez-vous prête à parier, Abby ?

La jeune femme sourit à son tour et adressa un

regard de connivence à Kylie qui se redressa vivement. Que devait-elle comprendre? Voulait-elle insinuer que...? Non décidément, c'était impossible.

Abby eut un petit sourire condescendant et retourna à ses occupations...

Kylie ne pouvait s'empêcher de réfléchir à cette conversation. Elle ressentait une sorte de vide intérieur... sans doute dû à la faim.

Après tout, il lui était parfaitement indifférent que Robert se marie ou non!

7

Le dimanche suivant, le temps était idéal pour jouer au tennis. Le soleill brillait, de rares nuages traversaient le ciel bleu. La brise était légère et il ne faisait pas trop chaud. Il y avait foule à Elouera Springs. Kylie eut l'impression que toute la population locale s'était donné rendez-vous.

Le tournoi devait avoir lieu l'après-midi, aussi, la jeune femme proposa-t-elle ses services à Mme Hirst, qui cherchait de l'aide pour préparer le déjeuner.

Il y avait déjà quelques jeunes femmes à la cuisine et, bien qu'elle eût été présentée à la plupart d'entre elles, Kylie eut quelques difficultés à se rappeler leurs noms. A l'exception d'Abby et de Sonia ; celle-ci était la réplique exacte de sa mère.

Chacun avait apporté des victuailles. Il s'agissait de les disposer sur des plats avant d'aller les poser sur les tables dressées sous les arbres. Chaucun se servirait ensuite à sa guise. Les conversations allaient bon train et tout le monde se montra charmant avec Kylie.

Ce fut en sortant sur la véranda que Kylie aperçut Séléna qui avait mis un point d'honneur à ne pas se montrer dans la cuisine. Elle était assise, avec des amis, à une table de jardin, surmontée d'un parasol multicolore.

— Ah, vous voilà enfin, Kylie, dit-elle en feignant la

surprise. Où vous cachiez-vous ? L'espace d'un instant, j'ai cru que vous aviez renoncé à participer au tournoi avec Adrian.

— Détrompez-vous, répondit Kylie en souriant aimablement. Si... *vous* êtes toujours décidée à jouer contre nous.

Séléna laissa entendre un rire triomphant.

— Vous avez le sens de l'humour, ma chère... Vous en aurez besoin après notre victoire. Vous savez que nous sommes inscrits pour le premier match de l'après-midi...

— Oui. Adrian me l'a dit. Je ferai attention à ne pas trop manger.

Séléna fit une moue méprisante.

— Croyez-vous que cela puisse changer l'issue de la rencontre ?

— Qui sait ? répondit Kylie en haussant les épaules. Nous gagnerons peut-être.

— Un jeu, je suppose ?

— Un jeu, en effet, une manche... Le match. Je n'aime pas faire de pronostic.

— Pour ma part, je n'hésite pas, répliqua Séléna avec assurance. Je doute qu'Adrian et vous remportiez un set... Quant au match, il est inutile d'en parler.

A cet instant, Mme Hirst passa près d'elles, portant une assiette dans chaque main, et lança négligemment, comme pour elle-même :

— Il ne faut pas vendre la peau de l'ours avant de l'avoir tué...

Puis elle poursuivit son chemin sans adresser un regard aux deux jeunes filles.

Kylie fit un violent effort pour s'empêcher de rire. Séléna foudroya du regard la vieille gouvernante.

— Cette sorcière aurait dû être mise à la porte depuis des années, dit-elle d'une voix grinçante. Chipie !

— De qui parles-tu ? demanda l'une de ses amies. De Mme Hirst ?

— Bien sûr !

— Oh, elle est un peu sourde, je le concède, mais c'est une femme charmante. Elle a toujours été très gentille avec moi et...

— Comme tu as pu le remarquer, coupa sèchement Séléna, ce n'est pas le cas avec moi.

Son amie ne se laissa pas si aisément convaincre.

— C'est son caractère, pourquoi s'en offusquer ? Et, de toute façon, elle a raison. Rien n'est jamais gagné d'avance !

Puis elle adressa un sourire amical à Kylie et ajouta :

— N'est-ce pas Kylie ?

— Oh ! Epargne-moi tes commentaires, Evelyn, pour l'amour du ciel ! rétorqua Séléna exaspérée, sans laisser le temps à Kylie de répondre. Tu sais aussi bien que moi qui va remporter ce match, et tout ce qu'on peut dire ne changera rien au résultat ! Quant à Mme Hirst, si cela dépendait de moi, je la jetterais dehors sur-le-champ !

Evelyn comprit qu'il était inutile de contredire Séléna, et elle secoua la tête, résignée. Kylie s'éloigna aussitôt parmi les tables pour rejoindre la gouvernante. Elle était tout à fait de l'avis d'Evelyn : il n'y avait rien à reprocher à la brave dame. Celle-ci fronça les sourcils en la voyant approcher :

— Ne vous laissez pas influencer par cette petite prétentieuse ! Elle ne joue pas si bien qu'elle le prétend... Alors, allez-y, Kylie. Allez-y, et faites de votre mieux !

C'était presque un ordre et Kylie sourit à la vieille femme.

— J'essaierai, madame Hirst. Je vous remercie pour vos encouragements. Séléna est si sûre d'elle... Nous aurons besoin du soutien de tous.

Mme Hirst fit une moue dégoûtée, puis une lueur brilla dans ses yeux.

— C'est ce qu'elle veut vous faire croire. Mais n'oubliez pas que je vous ai vue jouer... Vous n'êtes pas une débutante ! Si Adrian et vous jouez aussi bien que la dernière fois, je ne donne pas cher des chances de Séléna et de son partenaire.

Elle pouffa de rire, visiblement ravie, avant de reprendre :

— Evidemment, si Robert avait pu jouer avec vous, la victoire serait plus certaine encore... Quel dommage qu'il soit blessé. Tous les deux, vous auriez formé une fameuse équipe !

Bien que cette idée lui plût, Kylie objecta à la vieille gouvernante :

— S'il n'était pas blessé, commença-t-elle, il...

Elle s'interrompit brusquement en rougissant, car, à cet instant, Robert les rejoignit.

— Eh bien ? insista Mme Hirst sans se troubler. Qu'aurait-il fait ?

Pour retrouver une contenance, Kylie posa le plateau qu'elle tenait sur une table, s'éclaircit la voix et expliqua, en s'efforçant de prendre un ton naturel :

— Il aurait joué avec Séléna, comme d'habitude.

Mme Hirst fronça les sourcils, porta la main en cornet à son oreille et cria :

— Comment ? Qu'avez-vous dit ?

Puis elle se tourna vers Robert.

— Qu'a-t-elle dit ?

Sans quitter Kylie des yeux, Robert se pencha vers la vieille femme et lui répéta la phrase de Kylie.

— Elle a dit : « Il aurait joué avec Séléna, comme d'habitude. »

Mme Hirst grimaça.

— Oh, elle a sans doute raison ! Dommage...

— Pourquoi ? demanda-t-il sincèrement intéressé.

— Parce que la petite Kylie et vous formeriez une

équipe de double mixte imbattable, répondit-elle sans hésiter.

— Mais, Séléna et moi avons toujours gagné.

— Vous n'avez pas vu jouer celle-là ! répliqua triomphalement Mme Hirst.

Robert parut surpris et amusé à la fois.

— Je croyais qu'elle était débutante.

— Vraiment ? Dans ce cas, dit Mme Hirst hautaine, préparez-vous à subir un choc, tout à l'heure !

A cet instant, Abby et Sonia passèrent à proximité et Kylie prit ce prétexte pour essayer de s'éloigner avant que Mme Hirst n'ait révélé ses réelles capacités. Elle eut un faible sourire et murmura :

— Pardonnez-moi, je dois aller aider les autres.

— Pas question, tigresse ! coupa aussitôt Robert en saisissant son poignet. Expliquez-vous d'abord !

— A... à quel propos ?

— Pourquoi prétendiez-vous ne pas savoir jouer ?

— Je n'ai jamais dit cela ! protesta-t-elle méfiante. Séléna a décrété dès le départ que j'étais nulle au tennis... Je ne l'ai pas détrompée, c'est tout.

— Selon votre procédé habituel...

— En effet ! Qu'est-ce que ça peut bien vous faire ?

Il la foudroya du regard, et Kylie eut l'impression qu'il l'aurait frappée si les invités n'avaient pas été aussi nombreux autour d'eux. Elle ne put réprimer un frisson.

— Je vais vous l'expliquer, répondit-il d'un ton grinçant. D'abord, je n'aime pas que l'on m'extorque des renseignements sur les défauts de mes amis sous prétexte que l'on est une piètre joueuse !

Il marqua une pause, prit une profonde inspiration et ajouta :

— Deuxièmement, Brian va m'accuser de fourberie ! Durant toute la matinée, j'ai tenté de le convaincre de ne pas trop appuyer ses coups, puisqu'il avait en face de lui une débutante !

Incrédule, Kylie écarquilla les yeux et balbutia :

— Vous... vous avez fait cela pour moi ?

— Non, pour Adrian, répliqua furieusement Robert. Il me paraissait bien à plaindre, avec une si mauvaise partenaire !

— Bien sûr, je comprends, répondit Kylie en refoulant les larmes qui lui montaient soudain aux yeux.

Robert l'obligea à relever la tête.

— Oh ! Dieu du ciel, pourquoi jouer la comédie ? reprit-il d'un ton bourru. J'ai fait cela pour vous ! Adrian a été si souvent battu, il est beau joueur, je ne m'inquiète pas pour lui.

— Je vous remercie, dit doucement Kylie. Je suis désolée de vous avoir mis dans une situation délicate... Peut-être pourriez-vous retourner voir Brian et lui expliquer que vous vous êtes trompé ?

— C'est inutile, si j'en crois Mme Hirst. Il comprendra très vite lorsqu'il sera sur le court.

La vieille gouvernante, qui n'avait pas perdu un mot de la conversation, hocha la tête avec enthousiasme.

— Sans doute, mais... objecta Kylie.

Robert l'interrompit.

— Je connais Brian, dit-il avec assurance ; quand il vous verra jouer, il oubliera toutes mes recommandations. Ce n'est pas le genre d'homme à accepter une défaite par simple galanterie...

— Mais il pensera toujours que vous avez essayé de le tromper.

Robert secoua la tête.

— Certainement pas. Séléna n'a pas cessé de lui répéter que vous ne saviez pas jouer... Et puis, l'arme psychologique n'est-elle pas utilisée dans tous les sports, de nos jours ?

Il sourit.

— Spécialement l'effet de surprise... Je suis sûr que vous en êtes consciente.

— Et je crois que la surprise sera de taille ! coupa

Mme Hirst. D'habitude, je ne regarde pas les matches du tournoi. Mais, celui-là, je ne le manquerais pour rien au monde.

— Il est inutile de demander quelle équipe vous encouragerez, ironisa Robert.

— Vous ne voudriez pas que je supporte celle-là? rétorqua-t-elle en désignant ostensiblement la table où était assise Séléna.

Puis elle plissa les yeux et se campa devant son patron.

— D'ailleurs, je veux bien être pendue si vous ne vous retrouvez pas du même côté que moi, Robert Brandon!

Kylie aurait aimé croire à l'affirmation de Mme Hirst, mais elle attendait la confirmation de Robert.

— Il est normal de soutenir l'équipe qui représente les employés de la famille, dit-il amusé. En outre, Kylie et Adrian ne sont pas favoris et la tradition veut que nous les encouragions, ne pensez-vous pas?

Les espoirs de Kylie s'évanouirent. L'espace d'un instant, au fond d'elle-même, elle avait espéré qu'il la soutiendrait pour d'autres raisons.

Mme Hirst eut un geste agacé.

— Ah! Vous me faites perdre mon temps et ma patience! Vous ne voulez jamais admettre les choses comme elles sont!

Elle haussa vivement les épaules et tourna les talons. Robert la regarda s'éloigner en souriant.

— Mme Hirst ne mâche pas ses mots!

— Ne devriez-vous pas essayer de la rattraper? demanda Kylie. Elle semble très contrariée!

Robert éclata de rire.

— Tout simplement parce qu'elle n'a pas obtenu la réponse qu'elle désirait.

— Et elle avait tort?

— Qu'en pensez-vous?

Kylie hocha la tête. Robert lui caressait doucement les cheveux.

— Alors, je vous suggère de réviser votre jugement, ma chérie, murmura-t-il.

Les yeux dorés de Kylie cherchèrent le regard vert de Robert.

— Vous voulez dire que… ?

— Oui ! J'abandonne lâchement mon ancienne partenaire pour soutenir quelqu'un d'autre durant ce match, répondit-il solennellement.

— Parce que nous sommes tous deux employés par la famille Brandon, et que l'on ne nous donne pas favoris ?

— Diable ! que voulez-vous de moi ? Une reddition totale ? Dois-je me mettre à genoux ?

Il poussa un profond soupir en feignant l'exaspération.

— Pourquoi me prêter de telles pensées ? dit Kylie en fronçant les sourcils.

— C'est la conclusion que je tire de vos propos ! répliqua-t-il moqueur.

Kylie ne savait plus que penser.

— Pardonnez-moi, dit-elle. Ce n'était pas intentionnel.

Robert eut un rire bref.

— Peut-être… Mais ça ne change rien, tigresse. Vous m'avez envoûté. Je ne sais par quel moyen et je ne peux pas dire que j'en suis ravi. De toute façon, le problème reste entier et je ne peux rien y faire !

Eberluée, Kylie le regarda bouche bée. Ainsi, il était troublé par sa présence, comme elle l'était par la sienne ? Quand il l'avait embrassée, elle pensait qu'il voulait lui démontrer combien elle était vulnérable. Jamais elle n'avait imaginé qu'il pût être attiré, sincèrement par elle.

A présent, tout était différent. Une onde de joie la parcourut : elle avait tant espéré cet aveu de sa part, malgré tout ! Soudain, ses paroles lui revinrent en mémoire : « envoûté ». Peut-être la désirait-il simplement pour exorciser cet « envoûtement » passager.

Aussi répondit-elle prudemment :

— Depuis mon arrivée, je vous cause des problèmes. Je suis désolée.

Robert allait répliquer. Malheureusement, Adrian choisit cet intant pour les rejoindre.

— Bonjour ! s'écria-t-il. Vous êtes en forme pour le match ?

— Ne vous inquiétez pas...

Sans doute était-ce l'occasion de s'éloigner.

— Auparavant, je dois aider à la préparation du repas, pardonnez-moi.

Adrian parut déçu.

— Dès que je m'approche, vous partez... Vous me fuyez ?

— On ne peut jamais prévoir les réactions de Kylie, dit Robert sur le ton de la plaisanterie. Elle semble mettre un point d'honneur à faire l'inverse de ce que les gens attendent d'elle.

— Seulement quand les circonstances m'y obligent, protesta-t-elle.

Puis elle se tourna vers Adrian.

— Ne l'écoutez pas. Je ne suis pas en colère contre vous, mais je me sens coupable de laisser les autres travailler sans moi.

Elle regarda autour d'elle. Les femmes s'affairaient.

— Je m'en vais... reprit-elle. Nous discuterons pendant le déjeuner ?

— D'accord, répondit Adrian, visiblement rassuré. Je vous garderai une place près de moi. Sous cet arbre, là-bas.

Il désigna une table dressée à l'écart.

Inexplicablement Kylie regarda Robert, comme pour guetter un signe d'assentiment de sa part avant de répondre à Adrian. Amusé par son comportement, Robert sourit.

— C'est notre place habituelle, dit-il.

— Bien… Je… je vous y retrouverai plus tard, alors.

Sur ces mots, elle tourna les talons et s'éloigna vivement. Dans sa tête, tout se brouillait. Que signifiait le brusque changement d'attitude de Robert ? Et pourquoi avait-il décidé de lui faire part de ses sentiments ?

Durant le repas, Kylie ne put guère discuter avec son équipier. Elle était assise entre Grant et son neveu, mais Séléna se trouvait à la droite de Robert.

Plus tard pourtant, elle eut l'occasion d'être seule avec Adrian, quand ils se rendirent sur la véranda pour prendre leurs raquettes.

— Le repas ne s'est pas déroulé exactement comme je l'avais espéré, fit remarquer Adrian.

— C'est aussi mon avis, répondit Kylie en riant.

En effet, elle n'avait pas apprécié de voir Séléna accaparer l'attention de Robert durant tout le repas. Pourtant, elle ne voulait pas que le jeune homme se méprenne sur le sens de ses paroles, aussi expliqua-t-elle :

— Grant et Victor n'ont cessé de parler d'élevage… Mais si vous aviez été plus près de nous, vous vous seriez sans doute joint à eux…

— Sûrement pas ! Pour ma part, aujourd'hui, je refuse absolument de discuter de mon travail.

Ils montèrent les marches de la véranda. Kylie prit sa raquette et la sortit de la housse.

— C'est un grand jour pour moi, reprit Adrian avec une fausse gravité. Je n'ai jamais eu de meilleure chance de remporter un tournoi. Je donnerai le maximum, croyez-moi.

— Moi aussi, c'est promis !

Adrian, majestueusement, tendit le bras en direction du court.

— Eh bien, si vous êtes prête... Que le combat commence !

— Allons-y ! Si j'attends davantage, je ne parviendrai pas à me concentrer.

Adrian se frappa le front du plat de la main.

— Juste ciel ! Comment une joueuse de votre classe peut-elle être nerveuse ?

Elle rit et quitta la véranda. Elle ne pouvait lui avouer que la présence de Robert au bord du terrain ajoutait encore à son trac.

— Je n'y peux rien, dit-elle d'un ton léger. C'est mon défaut.

— Ce n'est pas grave, assura Adrian. Vous reprendrez confiance en vous dès que la partie commencera...

Ils parcoururent rapidement la distance qui les séparait du court. Déjà les invités s'installaient pour assister au spectacle. Kylie nota la présence d'un homme âgé qui se dirigeait vers le siège du juge-arbitre.

— Ainsi, c'est Jimmy qui a été choisi, dit Adrian à voix basse.

— Vous semblez satisfait.

— Certainement. S'il n'avait pas été libre, Charles Dodds l'aurait remplacé.

— M. Dodds est un mauvais arbitre ?

— Non, mais c'est un ami intime de Séléna et, inconsciemment, il la favorise toujours.

Kylie sourit.

— Oh, parfait...

Elle désigna un groupe d'enfants.

— Ce sont les ramasseurs de balles, je suppose.

Adrian hocha la tête.

— Oui. Ils seront aussi juges de ligne.

— Participent-ils au tournoi ?

— Bien sûr, et ils jouent très bien. Certains d'entre eux peuvent espérer parvenir en finale du simple... D'ailleurs, pour le double mixte, tout le monde pense que Sonia et son jeune partenaire Ivan Morphett sont les seuls à pouvoir battre Séléna et Brian.

Il s'interrompit et adressa un clin d'œil à Kylie.

— Seulement voilà, c'est nous qui gagnerons !

— Si c'est possible, répondit la jeune fille avec prudence.

Elle préférait voir jouer leurs adversaires avant de se réjouir.

Ils allaient pénétrer sur le court, quand Adrian dirigea sa partenaire vers le banc sur lequel était assis Robert, son oncle, Mme Hirst et Victor. Brian et Séléna étaient déjà prêts.

— Vous avez pris votre temps ! s'écria cette dernière, visiblement agacée. Nous vous attendons depuis dix minutes.

— Non, trois seulement, rectifia Mme Hirst sentencieusement.

Adrian consulta sa montre et sourit.

— Je suis désolé, Séléna, mais nous avons encore cinq minutes d'avance sur l'heure prévue.

— C'est exact ! Toutefois, nous pourrions nous échauffer avant de commencer le match, répliqua sèchement Séléna.

Adrian acquiesça.

— D'accord. Ça vous va, Kylie ?

— Ça lui va sûrement, coupa Séléna sans laisser à la jeune fille le temps de répondre.

Et sans attendre davantage, elle tourna les talons et entra dans le court. Durant la conversation, Kylie s'était efforcée de conserver son calme et de faire le vide dans son esprit. Mais, avant d'emboîter le pas aux autres joueurs, elle ne put s'empêcher de jeter un coup d'œil à Robert.

Lorsque leurs regards se croisèrent, il sourit et hocha lentement la tête. Le cœur de Kylie fit un bond. Tous ses efforts de concentration étaient réduits à néant.

— Bonne chance ! dit-il gaiement.

— Merci, répondit-elle la gorge serrée.

Elle entra à son tour sur le terrain. Séléna, qui avait entendu l'encouragement de Robert, foudroya son ancien partenaire du regard. Mais comme il se contentait de hausser un sourcil moqueur, elle se reprit et émit un petit rire.

Dès les premiers échanges, Séléna tenta d'impressionner les spectateurs en frappant très fort ses services. Kylie l'observa, amusée. Ses coups étaient puissants mais pas assez travaillés pour devenir dangereux. Elle put s'échauffer tranquillement sans se soucier de la mise en scène de son adversaire.

Alors, Séléna employa un autre stratagème pour essayer de démontrer son apparente supériorité. Chaque fois qu'elle envoyait une balle vers Kylie, elle retenait ses coups, comme si son adversaire n'était capable de renvoyer que des balles courtes et molles. Evidemment, le public conclut que la jeune fille en tee-shirt blanc et short jaune ne donnerait guère de fil à retordre à Séléna. Kylie ne se départit pas de son calme et attendit le moment propice pour faire ses preuves.

Quand l'arbitre ordonna que le match commence, Séléna se prépara à servir. Adrian profita de ce second répit pour se précipiter vers Kylie.

— Voulez-vous que je reçoive ce service ? demanda-t-il avec espoir.

Kylie secoua la tête d'un air décidé.

— Celui de Séléna ? certainement pas ! Cette première balle est pour moi.

Adrian n'insista pas et retourna rapidement à sa place, après avoir adressé un clin d'œil complice à sa partenaire.

Kylie prit une profonde inspiration, ferma les yeux pendant une seconde, se pencha en avant, tenant fermement sa raquette à deux mains et concentra toute son attention sur la haute silhouette de Séléna, qui, de l'autre côté du court, faisait rebondir trois fois la balle par terre, puis la lançait très haut pour la frapper avec un maximum de précision.

Quand le cordage entra en contact avec la balle, on entendit un bruit sec, net, qui témoignait de la puissance du coup. Visiblement, Séléna n'avait pas l'intention de faire le moindre cadeau. Kylie avait très bien anticipé. Elle fit un pas de côté, avança sur la balle et retourna le service en coup droit. Elle avait agi si vite, la trajectoire de la balle avait été si bien calculée que Séléna n'eut pas le temps de bouger. Un peu de poussière blanche vola quand la balle toucha la ligne de fond.

Séléna n'avait pas été la seule surprise, car un murmure admiratif monta de la foule des spectateurs, et Adrian poussa un cri de joie.

— Je vous adore ! s'écria-t-il.

— Bon sang ! Pour une joueuse médiocre, Séléna, c'est un beau retour ! approuva Brian, amusé et surpris à la fois.

— Un coup de chance ! grinça Séléna. Cela ne se reproduira pas.

Pour sa part, Kylie ne fit aucun commentaire pour ne pas se déconcentrer. Tout au plus se permit-elle un petit sourire intérieur.

Quelques minutes plus tard, tous les spectateurs étaient persuadés d'assister au match de la saison : chaque joueur se battait vaillamment, tous les points étaient disputés. Heureusement pour Kylie et Adrian, le premier tour de service avait décontenancé Séléna ; elle ne put rentrer correctement dans la partie durant le premier jeu. Elle perdit son service, et ce petit avantage fut suffisant pour que Kylie et Adrian remportent la première manche sur le score de six jeux à quatre.

— Si nous continuons ainsi, nous gagnerons, dit Adrian pendant la pause, alors qu'ils buvaient de grands verres d'eau fraîche.

— Je l'espère, répondit Kylie en essuyant son visage

122

couvert du sueur. Mais Séléna veut sa revanche dans cette manche. N'oubliez pas que le match se joue en deux sets gagnants.

— Vous avez raison. S'ils perdent celle-ci, ils sont éliminés du tournoi.

Elle lui sourit.

— Vous semblez certain de notre victoire, n'est-ce pas ?

Adrian fit une petite grimace.

— Pauvre Brian ! Il espère gagner ce tournoi depuis si longtemps...

— Je ne voudrais pas jouer les rabat-joie, Adrian, mais nous n'avons pas encore remporté le match. Il semble décidé à se battre jusqu'au bout.

— C'est vrai, admit-il. Ils ne baisseront pas les bras.

Le second set se déroula comme le prévoyait les deux jeunes gens. La bataille fut acharnée, chacun perdant son service à tour de rôle. Tant et si bien, qu'après une heure de combat, les deux équipes furent à égalité : six jeux à six et l'on dut recourir au ty-break pour les départager.

Ce fut l'occasion pour Brian et Séléna de mettre en pratique une stratégie élaborée à l'avance. Ils concentrèrent leur tir sur Adrian qui dut faire face à deux adversaires sans que Kylie puisse l'aider. Séléna et Brian gagnèrent ainsi quatre points de suite. Alors Kylie décida de prendre tous les risques, elle monta au filet et exécuta des volées prodigieuses qui leur permirent de reprendre trois points.

Il leur restait un handicap à surmonter. Kylie se rappela les conseils de Robert. Elle renvoya le service de Séléna en amortissant sa balle, contraignant son adversaire à monter au filet, puis elle exécuta un lob magistral qui passa très haut au-dessus de la tête de Séléna. Celle-ci se retourna vivement et courut aussi vite qu'elle le put, mais il était trop tard. Déjà la balle touchait la terre battue et rebondissait hors de portée.

Ils étaient de nouveau à égalité. Le combat pour la victoire de la manche recommença. Cette fois, ce furent Kylie et Adrian qui prirent l'offensive et bientôt il ne leur manqua plus qu'un petit point pour gagner le match.

Avant de servir sur Brian, Kylie prit une profonde inspiration et expédia la balle au ras du filet, sur le revers du jeune homme. Sans attendre davantage, anticipant sur le retour, elle monta rapidement à la volée. Elle avait bien calculé l'angle d'attaque et elle n'eut qu'à tendre sa raquette pour bloquer la balle de Brian. Une amortie parfaite. Séléna et Brian se précipitèrent ensemble pour éviter le désastre. En vain, la balle roulait déjà sur la terre.

Une immense clameur monta de la foule des spectateurs ; Adrian jeta sa raquette et se précipitant vers Kylie pour la saisir dans ses bras, il la fit tournoyer en l'air.

— Vous avez réussi ! s'écria-t-il fou de joie. Vous êtes merveilleuse ! Merveilleuse ! Bon sang !

Il lui coupait le souffle mais elle parvint à murmurer :

— C'est le fruit de nos efforts conjugués, Adrian.

Il la reposa doucement et secoua la tête.

— Non, Kylie. J'ai joué, aujourd'hui, le mieux que j'ai pu et je vous ai tout juste secondée. Je ne sais pas si vous vous êtes rendu compte, mais votre jeu était magique !

Il poussa un autre cri de triomphe avant de ramasser sa raquette, puis ils allèrent saluer leurs adversaires.

— Je vous remercie, dit Kylie en serrant la main à Brian.

— Tout le plaisir fut pour moi, répondit-il sportivement. Nous avons perdu... Je ne regrette rien, c'est le plus beau match de tennis que j'aie jamais disputé. J'aime les affrontements serrés.

Apparemment, Séléna ne partageait pas les sentiments de Brian. Elle foudroya Kylie du regard quand elles se serrèrent la main. Elle ne prononça pas un mot de félicitation, bien au contraire, elle provoqua la jeune femme.

— Je vous défie en simple! Là, vous serez bien moins à l'aise!

— C'est impossible, coupa Brian en adressant un regard désolé à Kylie. Nous n'avons pas le temps.

— Nous le trouverons! répliqua Séléna. Je suis la secrétaire du club, ne l'oubliez pas.

— Mais vous ne...

— Avez-vous l'intention de me dire ce que je dois faire, Brian Antill! cria-t-elle laissant libre cours à sa fureur. Si vous aviez mieux joué, je n'aurais pas perdu ce match et j'aurais disputé la finale!

Sur ces mots, elle s'éloigna, hautaine, sans se préoccuper davantage des trois jeunes gens.

Malgré la violence des propos de Séléna, Brian ne put s'empêcher de sourire.

— Séléna semble mal accepter la défaite, dit-il en grimaçant.

— Quel mauvais caractère! lança Adrian.

— Vous avez raison, renchérit Kylie. Après tout, elle porte la responsabilité de votre échec : elle n'a pas tenu son service durant le premier jeu.

Toujours souriant, Brian hocha la tête.

— C'est vrai, vous faites bien de me le rappeler.

Il s'interrompit, pensif.

— Je me demande comment Robert peut jouer si souvent avec elle sans perdre son calme...

En entendant ce nom, Kylie tourna aussitôt la tête pour tenter de l'apercevoir. Hélas, il n'était plus assis près de Grant. Elle le chercha des yeux et l'aperçut soudain, s'éloignant vers la maison en compagnie de Séléna. Kylie en fut profondément chagrinée. Ainsi, Robert lui avait prodigué ses encouragements seulement parce qu'il était persuadé à l'avance de sa défaite... A présent, il se sentait obligé de consoler Séléna plutôt que de féliciter Adrian et Kylie.

Pourtant, les spectateurs les applaudirent de nouveau, quand ils quittèrent le court, mais la jeune fille n'y fut guère sensible. C'étaient les commentaires admiratifs de Robert qu'elle attendait. Avec un soupir, elle s'assit sur le banc, près de Mme Hirst.

— Que fait Robert, demanda-t-elle. Il console Séléna ?

— La consoler ? s'écria la vieille gouvernante. J'espère qu'il la réprimande pour son attitude odieuse. Comment ose-t-elle parler ainsi à Brian !

— Vous avez entendu ? demanda Kylie surprise.

— Bien sûr ! Cette petite peste manque totalement de discrétion. Elle se plaignait encore de son partenaire quand elle est revenue vers nous !

— Oh ! C'est injuste ! Il n'a pas mal joué du tout.

— Vous étiez tous excellents... Seul Adrian a eu quelques difficultés. Il n'y a aucune justification au comportement de Séléna.

Kylie hocha lentement la tête.

— Peut-être est-elle très déçue. Elle n'a pas l'habitude de perdre.

— Que cela lui serve de leçon ! répliqua sèchement Mme Hirst. Personne ne peut avoir la prétention de toujours gagner.

— D'accord. Toutefois, elle ne savait pas que je pouvais...

La vieille femme tourna vivement la tête vers elle et lui adressa un regard incrédule.

— Lui cherchez-vous des excuses ? coupa-t-elle.

— Non, bien sûr... Son comportement est choquant ; cependant...

— Oui ?

Kylie haussa les épaules en signe d'impuissance.

— Je me sens coupable. Elle me croyait mauvaise

126

joueuse, et, maintenant, c'est Brian qui doit supporter sa colère.

— Croyez-vous qu'elle se serait comportée différemment si elle avait connu la qualité de votre jeu ?

— Je... je l'ignore, murmura Kylie.

— Eh bien moi, je n'ai aucun doute, affirma Mme Hirst. Je connais Séléna Walmsley depuis sa naissance. Même si elle avait été battue par le champion du monde, elle ne l'aurait pas admis. Elle ne changera jamais. C'est une mauvaise joueuse, un point c'est tout.

Adrian avait tenu le même langage, tout le monde estimait que Séléna adoptait une attitude odieuse... Pourquoi Kylie persistait-elle à se sentir coupable ? A cause de Robert et de l'opinion qu'il avait d'elle ? Ou bien, simplement parce qu'elle n'était pas très fière de sa plaisanterie...

Elle poussa un profond soupir et regarda la gouvernante s'éloigner, alors que deux autres couples entraient sur le court pour un second double mixte.

Elle était perdue dans ses pensées lorsqu'une main se posa sur son épaule. Elle sursauta et tourna vivement la tête.

— Félicitations, murmura Robert à son oreille. Vous avez fait un match fantastique.

Les battements du cœur de Kylie s'accélérèrent et sa gorge se serra.

— Où est Adrian ? reprit-il gentiment. Je croyais qu'il serait près de vous.

Kylie dut s'éclaircir la voix avant de répondre.

— Oh, il se trouve quelque part par-là.

Elle désigna un groupe de spectateurs.

— Je suppose qu'il savoure les félicitations, fit Robert.

Une sorte de lassitude passa dans le regard doré de la jeune fille.

— Vous pensez qu'il ne les mérite pas ?

— Non, pas particulièrement, répondit-il en secouant la tête.

Kylie se mordilla pensivement la lèvre inférieure.

— Je vois...

— Tant mieux, répliqua Robert d'un ton sardonique. Car, moi, je ne vois pas.

Etonnée, Kylie fronça les sourcils et dévisagea son interlocuteur.

— Pardon ?

— Je ne comprends pas votre soudaine froideur. N'ai-je pas le droit de penser qu'Adrian vous a laissée faire tout le travail ?

Cette fois, Kylie parut ébranlée.

— Vous voulez dire que... bredouilla-t-elle, que les circonstances... disons, la conclusion de ce match ne vous agace pas ?

La main de Robert glissa vers la nuque de la jeune fille, effleura la peau bronzée.

— Vous devez cette victoire à la qualité de votre jeu, répondit-il doucement.

— Et à rien d'autre ? insista-t-elle, inquiète.

Il lui adressa un large sourire et secoua la tête.

— Non, ma chérie. Après votre premier retour de service, il n'y avait plus la moindre ambiguïté. S'ils ne l'ont pas compris, ils sont les seuls à blâmer.

Malgré ces propos rassurants, Kylie s'estimait encore coupable.

— Séléna a accusé Brian, dit-elle.

— Elle ne le fera plus, du moins en public.

— Vous lui avez parlé ? demanda-t-elle timidement.

Peut-être Mme Hirst avait-elle vu juste.

L'espace d'un instant, Robert hésita. Finalement, il hocha la tête.

— Quelqu'un devait le faire, sinon elle nous aurait gâché tout l'après-midi.

Kylie se mit à jouer machinalement avec sa raquette.

— Elle m'a défiée en simple, reprit-elle avec une grimace.

Robert sourit ; ses yeux pétillaient de malice.

— Ce serait une folie de sa part.

La jeune femme releva la tête et dévisagea Robert. Pendant un long moment, elle essaya de deviner ses pensées, puis elle éclata de rire.

— Je suis peut-être prétentieuse, mais je suis d'accord avec vous.

Il rit à son tour, dévoilant ses belles dents blanches. Seigneur ! Le cœur de Kylie chavirait lorsqu'il avait cette expression !

— Vous êtes simplement lucide, tigresse, dit-il en lui adressant un clin d'œil complice. Quiconque ayant assisté à ce match pourrait le dire. Sa puissance ne suffirait pas à battre quelqu'un d'aussi vif et précis que vous.

— Je me demande pourtant si elle parviendra à organiser la rencontre cet après-midi... En tout cas, elle en avait l'intention.

Robert secoua la tête avec assurance.

— Non ; le Comité l'a désapprouvée. Si elle veut jouer contre vous, il lui faudra proposer une autre date. Nous ne priverons pas d'autres participants de leur match pour satisfaire le désir de vengeance de Séléna.

Il s'interrompit un moment avant d'ajouter :

— Vous êtes déçue ?

— Non, pas vraiment, répondit-elle en souriant. Quel que soit le résultat du match, Séléna n'en sera pas moins insupportable. Je préfère ne pas envenimer la situation... De plus, les défis de cette sorte ne m'intéressent pas ; je joue pour le plaisir de jouer, c'est tout.

— Et votre jeu est très spectaculaire. J'ai beaucoup apprécié votre dernière volée amortie.

Kylie rougit et ne put soutenir son regard. Elle baissa la tête.

— Merci… J'ai eu beaucoup de chance, malgré tout. Ce n'est pas mon coup favori, et il m'arrive de le rater complètement.

— Séléna et Brian doivent regretter de ne pas vous avoir rencontrée dans l'un de ces mauvais jours. Vous savez que c'est vous qui avez gagné tous les points de ce ty-break ?

Surprise, Kylie sourit.

— Non… Je me rappelle seulement avoir eu très peur lorsqu'ils menaient par quatre points à zéro.

— Eh bien, votre angoisse ne se lit pas sur votre visage ; vous paraissez très calme.

— Au fond de moi, c'est autre chose, je vous l'assure.

Et pour elle-même, elle ajouta mentalement : « Comme maintenant, Robert Brandon. J'ai tellement envie que vous restiez près de moi… »

A cet instant, un invité appela Robert pour la seconde fois. Kylie prit un air dégagé et parvint à sourire :

— Allez-y, on dirait qu'il tient vraiment à vous parler…

— En effet, acquiesça Robert.

Toutefois, il ne fit pas mine de s'éloigner et ajouta :

— Avec Lewis, tout semble toujours de la plus haute importance. Vous a-t-il été présenté ?

— Non, je ne crois pas.

— Alors, il nous faut réparer cet oubli, déclara Robert en souriant.

Il prit la main et l'aida à se lever.

— Enfin… si vous avez envie de faire sa connaissance, bien sûr.

— Oh oui ! J'en serai enchantée, répondit aussitôt Kylie.

Elle dut faire un violent effort pour ne pas manifester sa joie.

Il se montrait amical, il ne saisissait pas le premier prétexte pour lui fausser compagnie...

Elle posa sa raquette sur le banc et rejoignit Robert. Un bonheur soudain, imcompréhensible l'animait. Elle semblait danser en marchant à ses côtés...

8

Les jours suivants, Kylie conduisit régulièrement Robert à la lainerie qui se trouvait à mi-chemin de Wanbanalong et d'Elouera Springs. Par ailleurs, elle continuait d'aider le neveu de Grant dans d'autres domaines. Cependant, l'état du jeune homme s'améliorait, et il avait de moins en moins besoin d'elle... Et Kylie avait bien du mal à dissimuler ses sentiments à son égard.

L'attitude de Robert avait complètement changé : il ne lui cherchait plus jamais querelle. Bien qu'il ne tentât plus de l'embrasser — et elle en était déçue — il conservait la troublante habitude de lui caresser la nuque et de jouer avec ses cheveux. Souvent, le cœur de la jeune fille s'accélérait quand elle surprenait certaine lueur dans le regard émeraude de Robert. Elle ne savait comment interpréter son expression... Chaque fois, pourtant, il paraissait se ressaisir sans difficulté et poursuivait calmement la conversation. Parfois, Kylie se demandait si tout cela n'était pas le fruit de son imagination.

A présent, l'idée de reprendre le voyage avec Grant l'angoissait... Or le jour du départ approchait, et Kylie souffrait à la simple pensée de ne plus revoir Robert.

Aussi, quand vint le jour de l'accompagner à l'hôpital pour qu'il soit libéré de son plâtre, Kylie se réveilla en proie à des sentiments contradictoires. Bien sûr, elle souhaitait le voir libre de ses gestes, mais elle redoutait aussi cet instant : il n'aurait plus besoin de son assistance, ni de la présence de son oncle... Grant déciderait alors de reprendre son périple.

Vêtue d'une jupe de soie bleue et d'un tee-shirt blanc, Kylie, ce matin-là, retourna dans sa chambre après avoir pris son petit déjeuner. Elle prit son sac de toile et jeta un dernier coup d'œil à son miroir avant de rejoindre Robert et son oncle sur la véranda.

Les deux hommes bavardaient près des marches. Grant sourit en la voyant approcher.

— Vous allez effectuer votre dernier voyage en qualité de chauffeur à Wanbanalong, n'est-ce pas ? dit-il joyeusement, inconscient de la douleur qu'il causait à la jeune fille.

Elle s'efforça de prendre un ton naturel et déclara gaiement :

— On dirait !

Grant se tourna vers son neveu.

— Quant à toi, tu vas enfin retrouver ton indépendance. Tu dois être impatient.

— Sans doute, répondit-il simplement. Je ne voudrais cependant pas me montrer ingrat. Vous m'avez beaucoup aidé, tous les deux et...

— Allons, allons... coupa Grant en posant la main sur l'épaule de son neveu. Je sais ce que tu ressens. A ton âge, l'inactivité me pesait, et je ne pouvais supporter que l'on m'assiste. Pourtant, aujourd'hui...

Une lueur malicieuse brilla dans ses yeux.

— Je suis heureux de m'offrir les services d'une charmante demoiselle...

Malgré sa tristesse, Kylie ne put s'empêcher de rire. Elle reprit un air grave dès que Grant se fut éloigné.

— Vous tenez beaucoup à lui, n'est-ce pas ?

La voix de Robert la tira brusquement de ses pensées.

Elle hocha silencieusement la tête. Décidément, les Brandon exerçaient une étrange attirance sur elle... En fait, elle les aimait tous les deux... Elle eut soudain le souffle coupé. Ce qu'elle venait de s'avouer la terrifiait. Elle adressa un rapide coup d'œil à Robert, souhaitant qu'il n'ai pas remarqué son trouble.

Heureusement, il avait, lui aussi les yeux fixés sur Grant et, quand il se tourna de nouveau vers elle, toute trace d'émotion avait déserté son visage.

— Il est tard, nous devrions partir, dit-elle un peu trop vivement pour détourner l'attention de Robert.

Puis, sans attendre la réponse, elle tourna les talons, descendit les marches et se dirigea vers la voiture.

Robert haussa les sourcils en l'entendant parler d'un ton professionnel mais il ne fit pas de commentaire avant qu'ils soient tous deux installés dans la voiture.

— Que se passe-t-il, ce matin ? demanda-t-il alors.

Kylie démarra et, sans le regarder, répondit le plus calmement possible :

— Rien du tout.

Robert se laissa aller confortablement contre le dossier de son siège, son chapeau de brousse légèrement incliné sur son front.

— Vous êtes restée muette pendant tout le petit déjeuner, reprit-il. Ensuite, vous êtes venue nous rejoindre sur la véranda, avec une tête d'enterrement... Et enfin vous me parlez sur un ton de secrétaire efficace !

Il marqua une courte pause et ajouta avec fermeté :

— Vous n'allez pas me faire croire que tout va bien !

— Croyez ce que vous voulez !

— Kylie ! insista-t-il doucement.

Elle soupira et lutta pour empêcher les larmes de lui monter aux yeux.

— Eh bien, que voulez-vous que je dise ? C'est vrai je ne suis pas très gaie, ce matin... Peut-être suis-je inquiète à cause de cette visite à l'hôpital.

— Ou bien vous mentez, rétorqua Robert avec une nuance de brutalité contenue.

— Merci ! Encore une fois vous me reprochez de m'intéresser à votre santé !

— Oh ! Cessez ce jeu ! coupa-t-il visiblement agacé. Vous me croyez stupide ? Vous savez parfaitement que je n'ai pas ressenti la moindre douleur depuis des jours. Il n'y a aucune raison de s'inquiéter. En vérité, ces derniers temps, j'aurais très bien pu me rendre à la lainerie à cheval plutôt que d'y aller avec vous en voiture…

— Pourquoi ne l'avez-vous pas fait ? répliqua-t-elle irritée.

— Je commence à me le demander !

Cette fois, Kylie ne put retenir ses larmes. Elle dut cligner plusieurs fois des yeux pour éclaircir sa vue. Pourquoi avait-elle agi ainsi ? En quelques secondes, elle venait de détruire la complicité qui s'était installée entre eux. Et cela, parce qu'elle s'était rendu compte qu'elle l'aimait désespérément !

Il ne pouvait comprendre l'émotion qui s'emparait d'elle quand il était près d'elle. Il ne pouvait se douter de la puissance du désir qui faisait battre son cœur. Si elle avait su réprimer ses sentiments avant d'être véritablement amoureuse, rien de cela ne serait arrivé. D'ailleurs elle connaissait son avis concernant les femmes…

Mais comment lutter contre ses propres sentiments ? A présent, elle avait perdu tout espoir de se sentir bien auprès de lui durant les quelques jours dont elle disposait avant son départ.

Elle soupira et lui lança un rapide coup d'œil. Le visage de Robert était inexpressif, froid, dur. Elle tourna vivement la tête et s'efforça de concentrer son attention sur la conduite. Elle aurait aimé trouver les mots pour se faire pardonner, mais quand elle le vit ainsi, glacial, sa gorge se serra et elle resta muette.

Les minutes s'écoulaient... Kylie ne parvenait toujours pas à parler. Lorsqu'ils atteignirent les abords de la ville, pas une parole n'avait été échangée.

Plus tard, en arrivant devant l'hôpital, Kylie prit la décision de ne pas le laisser partir sans lui souhaiter bonne chance. Ces quelques mots les reconcilieraient peut-être. Elle immobilisa la voiture et se tourna vers lui.

Mais, avant qu'elle ne puisse prononcer un mot, Robert ouvrit la portière et sauta avec agilité sur le trottoir. Toutefois, il se pencha une seconde à la vitre et lança sèchement :

— Garez-vous où vous voulez. Je vous chercherai en sortant.

Il tourna les talons et s'éloigna à grandes enjambées.

Kylie resta un instant interdite, alors qu'il pénétrait à l'intérieur de l'hôpital. Puis, quand il eut tout à fait disparu, elle éclata en sanglots. Elle mit un certain temps à se garer. Elle trouva enfin une place dans une allée ombragée. Elle n'avait aucune envie de retourner à l'hôpital, de peur que l'hôtesse n'intervienne, comme la première fois.

Dans le rétroviseur, elle apercevait l'entrée du bâtiment.

Lorsque Robert sortit, très rapidement, cette fois, elle l'observa à la dérobée. Il cherchait des yeux le véhicule tout terrain.

Un involontaire sourire de soulagement détendit le visage de Kylie lorsqu'elle vit le bras droit de Robert libéré du plâtre. Mais la tristesse se lisait à nouveau sur ses traits quand il la rejoignit et déclara fermement :

— Laissez-moi le volant.

Elle esquissa un hochement de tête et se poussa pour lui permettre de s'installer. Dès qu'il fut assis, il lui prit le menton et l'obligea à le regarder.

— Vous avez pleuré, dit-il plus doucement.

Kylie s'agita, embarrassée...

— C'est ridicule, n'est-ce pas ? Mais ne vous inquiétez pas, cela ne se reproduira plus.

Robert maugréa quelques mots inintelligibles, la lâcha et mit le moteur en marche. Kylie détourna vivement la tête. Pourquoi se comportait-elle ainsi ? Que cherchait-elle ? Voulait-elle le dégoûter à tout jamais, faire en sorte qu'il ne connaisse jamais ses véritables sentiments ? De toute évidence, elle n'avait pas besoin de se montrer odieuse.

Robert conduisait bien. Apparemment son bras ne le gênait pas. Il quittèrent bientôt le parking de l'hôpital et s'engagèrent sur une route qu'elle ne connaisait pas.

— Je suis désolée, murmura-t-elle d'une voix tremblante.

— De quoi ? demanda-t-il froidement, sans la regarder. Vous regrettez de vous être montrée perverse... ou typiquement féminine... N'est-ce pas la même chose, d'ailleurs ?

Il secoua la tête d'un geste las.

— Je connais ce manège, reprit-il, amer. Ma mère avait l'habitude de provoquer des disputes, puis de fondre en larmes en accusant mon père de lui chercher querelle.

Il la foudroya du regard.

— Vous êtes toutes les mêmes !

Kylie se raidit. Elle n'avait jamais eu l'intention de lui faire porter la responsabilité de sa tristesse.

— Et les hommes, ne sont-ils pas tous semblables ? rétorqua-t-elle en guise de défense.

— C'est possible, mais lorsque nous avons des griefs contre quelqu'un, nous ne nous gênons pas pour les exprimer. Nous ne nous enfermons pas dans un mutisme ridicule ; nous acceptons la discussion !

Indignée, Kylie répliqua vivement :

— Je ne suis pas renfermée ! Et je vous ai présenté mes excuses.

— Le chapitre devrait donc être clos, n'est-ce pas ? coupa-t-il caustique.

— Eh bien, je... je...

Ses doigts se crispèrent sur sa jupe.

— Qu'attendez-vous de moi, Robert Brandon ?

— Pour l'instant, il serait préférable que vous vous taisiez ! Vous ne cessez de dire des sottises.

En vérité, elle devait avouer qu'il avait raison. Elle poussa un soupir, et s'absorba dans la contemplation du paysage.

— Où allons-nous ? demanda-t-elle pourtant quelques instants plus tard. Cette route mène-t-elle aussi à Wanbanalong ?

— Non, mais j'avais envie de faire ce petit détour, et je ne changerai pas d'idée sous prétexte que vous boudez, ironisa-t-il sans pour autant lui révéler leur destination.

Elle se renfrogna et cessa de poser des questions. Robert conduisait rapidement, et le compteur égrenait les kilomètres. Bientôt Kylie devina son but : au loin, elle apercevait une grande étendue d'eau, si grande que ce ne pouvait être une simple rivière.

Elle se rappela leur conversation à Silverton et, oubliant ses résolutions, elle demanda :

— Ce sont les lacs de Menindee dont vous me parliez ? Ceux qui fournissent l'eau nécessaire à Broken Hill ?

Il resta un instant silencieux, puis il prit une profonde inspiration et répondit, comme à contrecœur :

— C'est le lac Menindee, lui-même, que vous voyez : le plus grand de tous.

En effet, il paraissait immense.

— Combien y en a-t-il ?

— Huit, pour les plus grands, de nombreux autres plus petits, et des canaux.

— Ce sont des lacs artificiels ?

— Non !

Ils longèrent pendant un court moment l'un des canaux dont il avait parlé. Kylie ne parvenait pas à se détendre. Bien sûr, il avait accepté de lui répondre, mais il l'avait fait d'un ton sec et sans explications complémentaires.

— Ils sont là depuis toujours, reprit-elle, et ils n'avaient jamais été exploités ?

Il hocha la tête et demeura très peu coopératif.

— Non, pas vraiment, répondit-il froidement.

Kylie ne désarma pas, elle fit une nouvelle tentative pour rompre la glace.

— Pourquoi avez-vous tenu à venir ici aujourd'hui, Robert ? Pour votre travail ?

La réponse ne fut guère encourageante.

— Cela a-t-il une importance ?

— Oui... je crois, insista-t-elle.

Elle avait la gorge serrée.

— Pourquoi ?

Juste ciel ! Pourquoi répondait-il toujours à ses questions par d'autres questions ? Et puis, à quoi bon l'interroger ? Une chose était certaine : il ne répondrait pas : « je suis venu pour vous » !

A cet instant, Robert bifurqua sur une route secondaire et reprit, moqueur :

— Alors, vous n'en êtes plus si sûre ?

Kylie dut faire un violent effort pour ne pas se jeter sur lui. Sans aucun doute, il avait lu dans ses pensées ! Et il osait la provoquer ! Elle baissa la tête, ses longs cheveux bruns cachant ses joues empourprées.

— C'est bon, dit-elle finalement d'une voix rauque. Vous aviez raison... Cela n'a pas d'importance...

Ils approchaient de la rive d'un lac plus petit, et Robert engagea le véhicule dans un petit chemin de sable bordé d'arbres. Bientôt, il freina et coupa le moteur.

Kylie ne bougea pas, s'obstinant à regarder ses mains. Elle entendit Robert ouvrir sa portière et descendre de voiture, puis un bruit de pas. Elle sursauta quand il s'écria :

— Vous pouvez sortir, à présent ! Vous savez bien que c'est pour vous que je suis venu ici !

Elle releva brusquement la tête. Ainsi, elle avait vu juste !

— Mais... dans ce cas, pourquoi... bredouilla-t-elle.

— Pourquoi pas ? coupa-t-il. Peut-être méritiez-vous une petite punition. Vous étiez insupportable, ce matin...

Il ouvrit la portière.

— Je vous ai demandé pardon, rappela-t-elle timidement en descendant de voiture.

— Je le sais.

Il se détourna et admira le lac.

— Seulement après m'avoir reproché de vous avoir fait pleurer, ajouta-t-il en inclinant la tête. Je n'aime vraiment pas cela.

— Je suis désolée, murmura-t-elle. Ce n'était pas mon intention. Je ne voulais pas vous ennuyer, ni me plaindre...

Elle s'interrompit un instant, soupira et ajouta :

— J'étais simplement malheureuse de ne pas avoir pu vous souhaiter bonne chance avant que vous n'entriez dans l'hôpital.

— Bon sang ! s'écria Robert en se passant la main dans les cheveux.

Il se laissa tomber au pied d'un arbre. Adossé, les coudes appuyés sur ses genoux repliés, il fixait la jeune fille.

— Venez ici, tigresse, dit-il fermement en indiquant l'herbe près de lui.

Les traits de son visage se modifièrent, lui donnant une expression étrange.

Bien que son cœur battît très fort, Kylie ne pensa pas un instant à refuser. Elle s'assit à son tour et attendit qu'il parle, le souffle court, la gorge serrée.

Elle ne patienta pas longtemps. Robert mit un bras autour de ses épaules et l'obligea à relever la tête. Son regard plongea dans le sien.

— Je ne crois pas que vous ayez compris combien je désirais vous tenir entre mes *deux* bras, murmura-t-il en se penchant vers elle.

Cette fois, Kylie ne tenta pas de le repousser. Elle mit les bras autour de son cou et répondit avec une bouleversante sincérité :

— Vous ne pouviez le désirer plus que moi...

Après cette déclaration, il était inutile de parler. Leurs lèvres se frôlèrent, et ils se perdirent dans l'ardeur de leurs baisers.

La passion enflammait l'esprit de Kylie qui ne se préoccupait plus de cacher la profondeur de ses sentiments. Elle savourait pleinement cet instant merveilleux sachant que le même feu intense brûlait Robert.

Toujours enlacés, ils s'allongèrent doucement sur l'herbe. Kylie ne put résister au désir de sentir sous sa paume la peau bronzée de Robert. Elle glissa lentement une main dans le col ouvert de sa chemise et caressa l'épaule musclée.

Robert couvrait son visage de baisers, puis ses lèvres effleurèrent le cou, l'oreille et la gorge de la jeune femme qui laissa entendre un petit soupir. Faisant glisser le tee-shirt de Kylie sur sa peau, il découvrit ses seins. Elle poussa un petit cri de plaisir et se mit à embrasser la peau brune que ses mains avaient découverte un instant plus tôt. Il poussa un gémissement sourd et éloigna la tête de la jeune fille de lui.

— Mon Dieu, Kylie, je vous en supplie... Ne me rendez pas les choses plus difficiles. Vous me rendez fou.

Bouleversée par la force de sa propre passion, Kylie ferma les paupières. Des milliards d'étoiles étincelaient devant ses yeux.

— Je... je suis désolée, souffla-t-elle. Mais vous n'auriez pas dû...

— Oh, chérie, coupa-t-il, je ne vous fais aucun reproche... Je veux que notre amour se concrétise vraiment, mais pas aujourd'hui, pas ainsi...

Il se redressa brusquement, une flamme brillait dans ses prunelles vertes.

— Epousez-moi, Kylie ! s'écria-t-il. Depuis votre arrivée, je ne cesse de penser à vous, je ne peux imaginer vivre sans vous.

L'épouser ! Dans le cœur de Kylie il y eut une explosion de joie, une onde de bonheur la parcourut tout entière, et les larmes brouillèrent sa vue.

— Oh oui ! dit-elle dans un sanglot. Pas un seul instant je n'ai osé espérer entendre ces mots... Vous méprisez tant le mariage.

— Je le considérais comme un piège avant qu'une tigresse vienne bouleverser ma vie... Je veux vous avoir à mes côtés jusqu'à la fin de mes jours.

Kylie laissa entendre un murmure de plaisir.

— En êtes-vous certain, Robert ?

Soudain, il éclata de rire.

— Bien sûr ! Je m'imagine déjà descendant les marches de l'église avec vous à mon bras !

— J'espérais, moi aussi, ardemment cet instant... Je vous aime tant que je ne sais pas si j'aurai le courage d'attendre...

Elle l'enlaça et se blottit contre lui.

— Depuis l'après-midi du tournoi, à Elouera Springs — et sans doute bien avant — j'avais tellement envie que vous me serriez dans vos bras, ajouta-t-elle.

— Moi aussi, Kylie, mon amour.

Elle prit un air boudeur.

— Mais vous n'avez même plus essayé de m'embrasser.

Il la serra davantage contre lui.

— C'est vrai... Je ne pouvais plus supporter de vous

143

enlacer de mon seul bras valide... Quelle frustration ! Je m'étais promis d'attendre d'être débarrassé de ce fichu plâtre.

Il lui offrit un magnifique sourire et reprit :

— Vous voyez, c'est la première chose que j'ai faite...

Kylie lui caressa les cheveux et attira son visage plus près du sien.

— Et vous avez parfaitement le droit de recommencer, murmura-t-elle.

De nouveau, il l'embrassa avec passion. Kylie ressentit le même désir intense monter en elle, irrésistible, irrépressible. Son corps semblait animé d'une volonté propre contre laquelle Kylie était impuissante.

Elle appartenait à Robert corps et âme.

Lentement, il se redressa et dévisagea la jeune femme avec un tel regard qu'elle ne pouvait se méprendre sur ses sentiments.

— Si vous n'aviez pas cessé, je n'aurais pu vous résister, dit-elle dans un souffle.

Il l'embrassa de nouveau et répondit :

— Je le sais...

Kylie feignit l'indignation et le repoussa.

— Oh ! Comment osez-vous ! Vous... vous êtes...

Puis elle s'assit, rougit et lui adressa un regard tendre et embarrassé.

— Vous devez me trouver... ajouta-t-elle. Enfin, vous devez estimer que je manque de...

— Kylie ! coupa-t-il en fronçant les sourcils. Je vous en prie ! Ne vous méprenez pas sur le sens de mes paroles. Votre attitude ne m'a pas choqué un instant.

Il sourit et lui caressa la joue.

— Ne perdez jamais votre spontanéité, chérie... C'est votre principale qualité et votre charme.

Toujours hésitante, elle répondit :

— Vous ne pensiez pas cela, tout à l'heure.

— Vous vous trompez...

La sincérité de son ton chassa tous les doutes de Kylie.

— J'ai dû faire un violent effort pour m'interrompre, tout à l'heure, reprit-il. Mais votre comportement n'est pas en cause.

— Alors... Pourquoi ?

Il prit le visage de la jeune femme entre ses mains.

— Parce que je veux que vous n'ayez aucun regret... Et vous auriez pu regretter, après...

— Vous n'avez rien à craindre, murmura-t-elle. La joie la plus pure m'envahit lorsque vous me serrez dans vos bras, quand... quand vous me caressez.

Elle ferma les yeux, brusquement intimidée.

— Et j'aime vous toucher aussi, murmura-t-elle dans un souffle. Est-ce mal ? Est-ce que je ne devrais pas parler ainsi ? Je vous aime tant... Il m'a fallu beaucoup de temps pour l'admettre. Mais mon corps, mon âme le savaient déjà...

— Oh, mon amour, ce plaisir qui est le nôtre, c'est le plus beau cadeau de la nature.

Elle eut un petit soupir heureux, rassuré.

— Pourtant, vous n'auriez pas dû me serrer aussi fort contre vous. On vous a enlevé votre bandage il y a à peine quelques heures... Il y avait un risque...

Il sourit tendrement.

— Cela valait la peine de le prendre ! Mais, soyez tranquille. Mes côtes sont en parfait état, à présent. Cela fait même déjà un bon moment, j'en suis sûr !

— Et pourtant, vous m'avez laissée m'occuper de vous !

— Bien sûr ! J'étais très attaché à ma petite infirmière, j'aimais l'avoir toujours près de moi.

— Cet emploi ne me déplaisait pas... dit-elle. Et c'est pourquoi je n'étais guère joyeuse, ce matin. Je voulais vous voir sans votre plâtre... juste pour savoir si vous me plaisiez autant...

Elle sourit et fit une grimace moqueuse.

— ... Et pourtant, poursuivit-elle, je savais que vous n'auriez plus besoin de moi, ensuite...

— Mais je ne peux pas me passer de vous ! s'écria-t-il. Vous le comprenez, à présent, n'est-ce pas ?

— Oui... Petit à petit, je déchiffre le message.

Du bout des doigts, elle effleura la main de Robert.

— Je savais que Grant voudrait reprendre son voyage, ajouta-t-elle. Et je ne supportais pas l'idée de vous quitter pour toujours.

Robert s'éclaircit la voix avant de répondre.

— Vous m'avez fait subir l'épreuve la plus difficile de ma vie. Je souffrais de vous voir malheureuse et vous refusiez de me parler...

— Comment l'aurais-je pu ? Je venais seulement de comprendre que je vous aimais !

— Ce n'est pas une excuse ! dit-il, en feignant la colère. J'avais vraiment envie de vous tordre le cou pour vous punir !

— Et maintenant ? lança-t-elle, provocante.

Il plissa les yeux et inclina la tête.

— Vous savez fort bien quel est mon désir... Alors, tigresse, ne me tentez pas trop !

— Vaines promesses !

Elle éclata de rire quand il la saisit brusquement et l'enleva dans ses bras.

— Attention ! Vous allez vous faire mal ! s'écria-t-elle.

Il s'approchait lentement du lac.

— Je suis guéri, ne craignez rien... Et maintenant... que diriez-vous d'un bain ?

Kylie s'accrocha à son cou, paniquée.

— Vous n'oseriez pas !

Il se contenta de hausser les sourcils et poursuivit son chemin, imperturbable.

— Oh non ! Je vous en supplie ! Vous avez gagné, cria-t-elle.

Avec un grand sourire, il déposa un baiser sur le bout de son nez.

— Vous avez raison... Je n'oserai pas. Néanmoins...

Elle lui sourit tendrement.

— ... Il est préférable que je ne vous touche plus, reprit-il. Je risque de perdre le contrôle de moi-même et... Nous devrions nous trouver une occupation...

— Allons visiter les lacs ! proposa Kylie.

— Vous en avez envie ?

— S'il vous plaît...

Il eut un de ces sourires qui la laissaient émerveillée.

— Comment pourrais-je refuser ? murmura-t-il.

— Et vous me parlerez un peu plus, cette fois ? demanda-t-elle en plaisantant.

— Je vous dirai tout ! promit-il.

Elle posa la tête sur son épaule.

— Alors, reprenons... Depuis quand connaît-on l'existence de ces lacs ?

Il éclata de rire et consentit à répondre.

— Jadis, ils n'étaient remplis que durant le court hiver, quand il pleuvait. Après, ils s'asséchaient. On construisit par la suite un canal qui les reliait au fleuve. Aujourd'hui, ils sont constamment alimentés.

Elle sourit.

— Merci.

Il la portait toujours dans ses bras et ne semblait pas pressé de la poser à terre. Il se dirigeait à présent vers la voiture.

— Avez-vous d'autres questions à poser ? demanda-t-il, moqueur.

Kylie fronça les sourcils, parut réfléchir et répondit finalement, malicieuse :

— Eh bien, puisque vous m'y faites penser, je voulais savoir si...

9

Plus tard, lorsqu'ils furent de retour à Wanbanalong, Kylie parut embarrassée.

— Quelle va être la réaction de Grant? demanda-t-elle, alors qu'ils traversaient le salon pour se rendre dans le bureau.

— Il ne nous complimentera pas, c'est une certitude. En tout cas pas moi...

Surprise, elle lui adressa un regard inquiet.

— Pourquoi?

Il mit un bras autour de ses épaules et répondit, sur le ton de la confidence :

— Parce que je vais lui enlever sa jolie compagne de voyage. Il ne l'appréciera pas.

Une ombre passa dans les yeux aux reflets dorés de la jeune femme.

— Je me sens coupable de l'abandonner.

Robert haussa les épaules.

— C'est ridicule. Je suis sûr qu'il parviendra à vous remplacer et...

Il s'interrompit brusquement.

— Que vouliez-vous dire?

— C'est sans importance, répondit-il négligemment. Je vous en parlerai plus tard.

L'inquiétude de Kylie augmentait.

— Parlez, je vous en prie, insista-t-elle.

Mais, déjà, ils atteignaient le bureau. Il désigna la porte et dit :

— Il est trop tard.

Quand ils entrèrent, Grant travaillait. Ils lui apprirent la nouvelle et, comme Robert l'avait prévu, sa réaction fut mitigée. Il fut à la fois surpris de n'avoir pas deviné ce qui se passait, ravi de voir son neveu accepter de se marier, et triste de devoir se passer des services de Kylie.

— Vous ne pensez qu'à vous, plaisanta-t-il. Vous n'avez pas honte de me causer un tel choc ? Que vais-je devenir sans mon chauffeur ?

— A ce propos, je voulais te faire une proposition, dit Robert en s'installant dans un confortable fauteuil. Tu seras peut-être surpris de l'apprendre : j'ai réfléchi à ce problème.

Intrigués, Kylie et Grant tendirent l'oreille.

— Je savais que tu ne laisserais pas Kylie te quitter si facilement, reprit-il. Aussi, me suis-je occupé de lui trouver un remplaçant... Quelqu'un que tu connais, que tu apprécies, et dont tu aimes la compagnie.

Grant éclata de rire. Décidément, ce neveu ne cesserait jamais de l'étonner !

— Qui est ce personnage extraordinaire ? demanda-t-il.

— Le jeune Ivan Morphett.

Kylie dut faire un violent effort pour réprimer un cri de stupeur. Ainsi, il avait prévu son remplacement avant même qu'elle accepte de l'épouser ! Et ce nouveau chauffeur devait être un homme, bien sûr ! Elle se tourna vers Grant, qui ne semblait pas désapprouver cette idée. Elle en fut profondément chagrinée et écouta la suite de la conversation en s'efforçant de conserver son calme.

— Tout est arrangé, n'est-ce pas ? reprit Grant.

Sans gêne, Robert lui expliqua les avantages de cette solution.

— Ainsi, tu pourras reprendre ton voyage sans délai. Pourtant, je te conseille de te décider rapidement, car Ivan a reçu d'autres propositions et il attend ta réponse avant de les refuser.

— Dans ce cas, je devrai rentrer en contact avec lui le plus vite possible, dit Grant en se levant. Je vais aller le voir cet après-midi.

Il traversa le bureau et lança, avant de sortir :

— A tout à l'heure. Avec de bonnes nouvelles, j'espère.

Sans prononcer un mot, Kylie et Robert l'accompagnèrent jusqu'à la véranda, et ils regardèrent s'éloigner la voiture. Dès qu'il fut hors de vue, la jeune fille se tourna brusquement vers Robert. Il arborait un air bien trop satisfait.

— Vous n'avez jamais accepté que je sois son chauffeur, n'est-ce pas ? dit-elle sèchement.

— C'est vrai.

Elle se raidit et cacha ses mains derrière son dos, pour qu'il ne remarque pas leur tremblement.

— Depuis le jour de mon arrivée, vous aviez décidé de trouver un compagnon masculin à Grant.

— En effet, c'est préférable, répondit-il en souriant.

— Et vous avez trouvé un remplaçant avant même de savoir que ce serait nécessaire !

Cette fois, elle avait haussé le ton.

— L'occasion s'est présentée, j'en ai profité, dit-il calmement, intrigué par l'attitude de Kylie.

— Vous faites toujours en sorte d'obtenir ce que vous voulez, n'est-ce pas ?

— Je m'y efforce, concéda-t-il.

Elle prit une profonde inspiration avant de reprendre.

— Qu'importent les obstacles qui se dressent sur votre chemin, vous les bousculez... C'est cela ?

Il commençait à être irrité par ses questions et répondit froidement :

— En quelque sorte, oui. Si c'est nécessaire.

Elle serra les poings.

— Vous êtes prêt à employer la ruse... Vous disiez :
« des chemins détournés »...

— C'est vous qui employiez ce terme ! rétorqua-t-il.
Mais que cherchez-vous ?

Il pouvait feindre l'innocence, Kylie n'était pas dupe.
Soudain, elle se rappelait les détails de la scène au bord
du lac. Il avait déjà prémédité son remplacement quand
il lui avait demandé de l'épouser.

— Je vais vous dire ce que je pense ! s'écria-t-elle en
luttant farouchement pour empêcher ses larmes de
couler. Vous m'avez proposé le mariage afin d'être sûr
de m'éloigner de Grant ! Je vois enfin clair dans votre
jeu ! Et vous pouviez aisément reprendre votre parole
après que votre oncle serait parti avec un nouveau
compagnon !

Elle respira profondément avant d'ajouter violemment :

— L'espace de quelques heures, je vous ai cru. Il est
étonnant de voir comme on accepte facilement les
déclarations que l'on souhaite entendre... Hélas,
vous...

— Kylie ! cria-t-il. Je vous en prie !

— Vous avez commis une erreur, Robert Brandon.
Vous avez oublié de prononcer une phrase, une toute
petite phrase, très simple : « Je vous aime » !

Sur ces mots, elle fondit en larmes.

— Pour l'amour du ciel, Kylie... !

Robert fit un pas vers elle. Elle recula vivement.

— Vous n'avez pas cru bon de les dire, n'est-ce pas,
ces mots que j'espérais ? reprit-elle en sanglotant. Vous
ne *pouviez* pas les dire, parce qu'ils ne vous sont jamais
venus à l'esprit !

Les larmes coulaient sur ses joues. Elle tourna
vivement les talons et descendit les marches.

— Kylie !

Elle l'entendit crier son nom mais ne cessa pas de courir. Elle voulait s'éloigner de lui, ne plus le voir, ne plus lui parler, elle voulait oublier... Tout !

Lorsqu'elle vit la Land-Rover que conduisait Adrian, il était trop tard. Le véhicule tout-terrain la percuta, elle tomba lourdement sur le sol poussiéreux. L'espace d'un instant, elle ressentit une douleur violente au côté, puis elle perdit connaissance.

Quand elle rouvrit les yeux, elle eut l'impression d'avoir été broyée. Elle avait la gorge sèche et souffrait beaucoup. Une voix assourdie lui parvint.

— Kylie, comment vous sentez-vous ?

Elle tourna lentement la tête, comprit qu'elle se trouvait dans un lit. Robert était assis, près d'elle, sur une chaise. Brusquement, leur dernière conversation lui revint en mémoire, et elle ferma les yeux.

— Laissez-moi seule, dit-elle d'une voix rauque. Vous ne m'avez pas fait assez de mal ?

Il secoua la tête alors qu'elle rouvrait les yeux. Elle vit que ses lèvres tremblaient et qu'une ride profonde lui barrait le front.

— Oh, Kylie, murmura-t-il. Vous ne pensiez pas sérieusement que je vous ai menti, n'est-ce pas ? Mon émotion n'était pas feinte, au bord du lac.

— Oh, bien sûr, vous me désiriez, mais cela n'a guère de rapport...

Sa voix tremblait, et elle détourna la tête pour lui cacher ses larmes.

— A présent, tout est fini... Je ne veux plus vous parler.

Les murs tanguaient autour d'elle ; elle ressentit une soudaine nausée.

— Oh... je me sens mal, murmura-t-elle.

Robert se leva et lui caressa le front.

— Ce n'est pas étonnant, le choc a été rude. Malheureusement, je ne peux rien vous donner pour vous soulager ; il n'est pas impossible que vous ayez un traumatisme crânien...

— Je souffre beaucoup lorsque j'inspire trop fort et... je ne peux bouger le bras.

— Ne vous inquiétez pas, le médecin est en route. Quand vous serez à l'hôpital, ils vous soigneront et remplaceront les attelles que nous avons posées.

L'hôpital ? Des attelles ? De quoi parlait-il ? Elle essaya de se redresser en s'appuyant sur son bras droit... La douleur fut si vive qu'elle ne put réprimer un cri et retomba sur le lit.

Elle avait dû s'évanouir de nouveau, car, lorsqu'elle rouvrit les yeux, Robert était debout, les mains dans les poches. Elle était certaine de ne pas l'avoir vu bouger.

— Vous partez ? demanda-t-elle d'une voix sourde.

Un pâle sourire se dessina sur les lèvres de Robert et il s'assit doucement sur le lit.

— Non. Nous n'avions pas terminé notre discussion... Vous vous souvenez ?

— J'ai dit que je ne voulais plus vous parler.

Cherchant à changer de sujet de conversation, Kylie montra le chemisier sans manches qu'elle portait.

— Qu'est-ce que c'est... ? Je n'étais pas vêtue ainsi, tout à l'heure.

— C'est exact. Abby vous l'a mise après que je vous eus bandé les côtes.

Abasourdie, elle tâtonna le long de son flanc. Elle émit un petit rire, vite remplacé par une grimace de douleur.

— Vous voulez dire que je me suis cassé une côte ?

— Prenez garde, ne bougez pas ! Vous en avez au moins deux de brisées... Et votre bras l'est aussi.

— Mon bras aussi... répéta-t-elle dans un soupir.

Une ombre passa dans son regard doré.

— Il semble que j'aie tout fait pour vous imiter, ajouta-t-elle. Je suppose que ma clavicule est, elle aussi, en mauvais état ?

Robert sourit et hocha négativement la tête. Même dans cette triste situation, le sourire de Robert faisait frissonner Kylie.

— J'ignorais que mes prophéties se réaliseraient si rapidement, quand je les proférais, le mois dernier, reprit-il. A présent, les rôles sont inversés : je serai votre infirmier.

Kylie détourna vivement la tête.

— Non ! Grant n'a plus besoin de mes services, je vais rentrer chez moi le plus vite possible.

— Certainement pas !

— Vous ne pouvez m'en empêcher.

— En êtes-vous certaine ?

Il se pencha sur elle, posa une main sur son épaule gauche et, du bout des doigts, caressa les lèvres pleines de la jeune femme.

— Nous verrons... déclara-t-il avec une moue moqueuse.

— Oh, je vous en prie.

Elle ferma les yeux pour ne plus voir ce visage qu'elle chérissait tant.

— Vous êtes arrivé à vos fins, je ne suis plus le chauffeur de Grant... Que voulez-vous encore ?

Il se pencha davantage et déposa un baiser sur ses lèvres. Kylie n'eut pas la force de le refuser ; au fond de son cœur, elle le désirait tant.

— C'est vous que je veux, tigresse, murmura-t-il. Rien d'autre que vous.

— Vous ne me désirez que... physiquement, répliqua-t-elle.

Sa voix avait tremblé, elle le savait.

— Non, Kylie, je vous veux tout entière parce que... parce que je vous aime ! Voilà tout !

Il s'interrompit un instant pour la regarder au fond des yeux.

— Je vous aime, répéta-t-il lentement avant de l'embrasser.

Un feu intérieur se ranimait en elle. Pourtant, elle n'osait encore le croire.

— Pourquoi ne l'avez-vous pas dit plus tôt? Pourquoi avoir attendu si longtemps? Je vous fais pitié, n'est-ce pas?

— Oh, mon amour, ne dites pas de sottises. Cet accident est arrivé par ma faute, je le sais... J'aurais préféré mille fois être blessé, plutôt que de vous voir sur ce lit...

Il s'interrompit, poussa un profond soupir et reprit :

— Je n'ai vraiment compris combien je vous aimais que lorsque je vous ai vue fuir... Jusque-là, je voulais vous épouser, vous donner mon nom... Mais mon cœur, c'était autre chose...

Il lui sourit, repentant.

— Vous connaissiez ma méfiance naturelle vis-à-vis des femmes; le refus de leur donner un pouvoir absolu sur moi. Etant jeune, je m'étais promis de ne jamais laisser une femme me faire souffrir, comme ma mère a fait souffrir mon père... Tout cela parce qu'il l'aimait!

Les traits de son visage s'étaient durcis à ce souvenir. Kylie ne put retenir ses larmes.

— Je suis désolée, Robert, murmura-t-elle.

— Pourquoi, tigresse?

— Je vous ai si souvent accusé injustement.

Il inclina la tête et sourit de nouveau.

— Je dois admettre que vous aviez parfois raison. Je vais vous faire un aveu : j'ai contacté Ivan Morphett dans le seul but de vous priver de votre emploi, c'est vrai... Je vous voulais pour moi seul et je refusais de vous voir sillonner le pays avec mon oncle. J'avais d'autres projets pour vous...

A présent, tous les doutes de Kylie s'envolaient. Elle sourit à son tour et demanda timidement :

— Lesquels?

— Ils sont très nombreux, dit-il avant de déposer un nouveau baiser sur ses lèvres.

Kylie leva son bras valide et caressa les cheveux de Robert.

— Je ne suis pas vraiment obligée d'aller à l'hôpital, n'est-ce pas, Robert ? Le médecin pourra me soigner ici.

— Je crains que ce ne soit impossible, mon amour, répondit-il tendrement. Vous devez subir des radios et il faut plâtrer votre bras.

— Serai-je absente longtemps ? soupira-t-elle.

Elle ne pouvait supporter l'idée d'une séparation.

— Une seule petite nuit. Je pense que Grant pourra venir nous chercher, demain matin.

— *Nous ?*

— Je n'ai pas l'intention de vous laisser partir seule avec le médecin ! rétorqua-t-il.

Une onde de plaisir parcourut Kylie, et elle attira Robert vers elle de son bras valide. Leurs lèvres se joignirent en un long et tendre baiser.

Lorsqu'il s'écarta, Robert fronça les sourcils, gronda d'une voix un peu rauque :

— Huit semaines... Je crois que je ne pourrai pas attendre un jour de plus !

— Attendre ? Pour quoi faire ?

— Je fixais la date de notre mariage, répondit-il gravement.

Puis il sourit.

— Si vous n'étiez pas blessée, je n'aurais pas patienté plus de huit jours !

— Ne tournez pas le couteau dans la plaie, je vous en prie.

Elle poussa un profond soupir...

Et puis son optimisme naturel reprit le dessus. Huit semaines, ce n'était pas si long, quand on avait toute la vie devant soi !

LES GÉMEAUX

(21 mai-20 juin)

Signe d'Air dominé par Mercure : Sociable.

Pierre : Béryl.
Métal : Mercure.
Mot clé : Communication.

Qualités : Adore inviter, se sentir entourée. Don d'observation, s'intéresse à tout.

Il lui dira : « Mon bonheur est auprès de vous. »

LES GÉMEAUX

(21 mai-20 juin)

Les Gémeaux adorent jongler avec l'humour. C'est leur arme favorite, et celle de Kylie aussi. Qu'aurait-elle pu trouver de mieux pour remettre Robert à sa place ?

Les natives de ce signe sont combatives, indépendantes, décidées. Elles aiment prendre des risques, partir à l'aventure, découvrir des contrées inconnues.